Emily Bold

Ein Tanz mit Mr. Grey

Kurzroman

Ein Tanz mit Mr. Grey

Ein Tanz mit Mister Grey – oder: Wer hat eigentlich die Wassermelone getragen?

Nach einem Blick auf Marcs attraktive Kollegin Catness Stone beschließt die inzwischen sexy und kühn gewordene Anna, ihr Leben ein weiteres Mal umzukrempeln. Um es mit diesem Superweib aufzunehmen und zugleich auf der Hochzeit ihrer Schwester eine gute Figur zu machen, begibt sich Anna in die Hände eines Tanzlehrers. Doch der selbstverliebte Flo hat anderes im Sinn, als mit Anna die Hebefigur aus ihrem Lieblingsfilm zu trainieren.

Autorin

Emily Bold lebt mit ihrer Familie in einem idyllischen Ort in Bayern mit Blick auf Wald und Wiesen – äußerst ruhig und inspirierend. Sie schreibt Liebesromane für Jugendliche und Erwachsene.

Titel von Emily Bold

Auf der Suche nach Mr. Grey

Lichtblaue Sommernächte
Klang der Gezeiten
Ein Kuss in den Highlands

Der Sehnsucht wildes Herz
Gefährliche Intrigen
Mitternachtsfalke
Blacksoul – In den Armen des Piraten

Vergessene Küsse
Verborgene Tränen
Verlorene Träume

Vanoras Fluch (The Curse 1)
Im Schatten der Schwestern (The Curse 2)
Das Vermächtnis (The Curse 3)

The Darkest Red: Aus Nebel geboren
The Darkest Red: Von Flammen verzehrt
The Darkest Red: Im Dunkel verborgen

Emily Bold

Ein Tanz mit Mr. Grey

Coverdesign: © Emily Bold
Stock: iStockphoto
Lektorat/Korrektorat: K. Schwaben-Beicht

http://emilybold.de

Printed by Create Space, ISBN-13: 978-1515000815
Creative Media Solutions, Am Baumgarten 5, 91486 Uehlfeld

Kapitel 1

Kennt Ihr das?

Sich in einer Situation wiederzufinden und sich dann zu fragen, wie um alles in der Welt man da gelandet ist?

So ging es mir gerade.

Ich lag mit hochgeschlagenem Rock auf dem Boden, Marc zwischen meinen Schenkeln, während gut hundert Leute uns entsetzt anstarrten …

Kapitel 2

„Wir sollten es tun!“

Ich versuchte, möglichst überzeugend zu klingen, aber Marc sprang noch nicht wirklich darauf an. Er hörte mir ja kaum zu, so vertieft war er in das Getippe auf seinem Handy. Nicht einmal für den kurzen Weg vom Supermarkt zur Wohnung konnte er das sein lassen.

„Ich weiß nicht, Anna. Sind wir denn schon so weit?“, gab er zu bedenken, ohne zu mir aufzusehen.

Das war so typisch für ihn! Nie ließ er sich auf etwas ein. Immer hielt er sich eine Hintertür offen. Dabei musste er doch wissen, wie wichtig mir die Sache war. Ich verstand echt nicht, warum Marc plötzlich einen Rückzieher machte. Stand er denn nicht zu unserer Beziehung? War ich für ihn vielleicht doch nicht mehr als eine der Tussis, mit denen er eine Zeit lang ins Bett gestiegen war? Dabei hatte ich ehrlich gedacht, das mit uns wäre etwas Besonderes! Schließlich war er es, der gesagt hatte, er würde mich lieben! Zum ersten Mal überhaupt hatte ein Mann das zu mir gesagt – und jetzt zierte er sich so!

Ich zuckte möglichst gleichgültig mit den Schultern und wartete darauf, dass die Ampel auf Grün schaltete. Ich wollte nicht, dass er sah, wie enttäuscht ich war. Mit Wut im Bauch presste ich den Fuß aufs Gaspedal und betete, dass meine alte Mühle den Heimweg noch schaffen würde.

Leider hatte die mehrwöchige Fahrpause der Rostlaube von Auto auch nicht geholfen. Die Motorwarnleuchte zeigte immer noch ein Problem an, und das Ruckeln beim Beschleunigen hatte sich sogar noch verschlimmert. Schon komisch – mir tat eine Pause doch immer gut.

„Eine Hochzeit, Annalein? Mal ehrlich – ist es dafür nicht noch viel zu früh?", griff er schließlich das Thema unseres Streitgesprächs wieder auf.

Guter Gott! Er klang ja wie jemand, der panische Bindungsangst hatte! Dabei lief es zwischen uns doch erstaunlich gut. Zumindest in meinen Augen. Was vielleicht auch daran lag, dass wir gute fünfzig Prozent unserer Zeit miteinander im Bett verbrachten. Ich ernährte mich nur noch von Schokodrops und Liebe ... Das war himmlisch, denn durch die viele horizontale Bewegung hatte ich schon ein ganzes Kilo abgespeckt.

Sogar meine Jogginghose schlabberte seit einigen Tagen. Zuerst hatte ich gedacht, das Gummiband wäre gerissen, aber nein – ich hatte wirklich abgenommen! Sollte ich mich gleich vorsorglich für die nächste Staffel von „Germanys Next Topmodel" bewerben ...?

„Bist du sauer?", fragte Marc, als ich nicht antwortete.

Aber was sollte ich schon sagen?

„Mensch, Marc. Du bist doch sonst kein solcher Schisser!", fuhr ich ihn an. „Gutes Essen, jede Menge Alkohol und hübsche Mädchen in kurzen Kleidern. Normalerweise seid ihr Kerle doch scharf auf so was."

„Woher willst du das denn wissen, Annalein? Deine letzte Beziehung fällt doch noch in die Steinzeit zurück, und da waren die Kerle eben etwas anders. Und ich ... ich bin eh nicht wie die anderen!“

„Ah, ja. Der Kotzbrocken kommt mal wieder zum Vorschein. Ich hatte mich schon gefragt, wo du ihn so lange versteckt hattest.“

Marc grinste. „Du hast heute echt beschissene Laune! Liegt es daran, dass ich gestern Abend so lange im Büro war? Normalerweise sind Frauen ja nur so bissig, wenn sie unbefriedigt sind. Also, Annalein, bist du … unbefriedigt?“ Seine Spottbraue hatte schon beinahe seinen Haaransatz erreicht, und sein süffisantes Grinsen machte mich erst recht wütend.

„Schließ doch bitte nicht von all deinen hirnlosen Betthäschen auf mich!“

Marc lachte und legte seine Hand auf meinen Oberschenkel.

„Würde ich nie! Denn keine von denen hatte je den scharlachroten Abdruck eines Pfannenwenders auf dem Allerwertesten.“

„Idiot!“

„Das war es, Annalein. Das war der Moment, in dem ich wusste, dass ich dich haben muss.“

„Du bist echt dämlich, Marc! Hör auf damit! Du weißt, wie schrecklich das war!“

Ich lenkte den stotternden Wagen den Berg hinauf und parkte wie immer unter der Ulme vor dem Haus. Das gesammelte Laub des letzten Herbstes steckte noch in den Lüftungsschlitzen, weshalb ständig die Scheiben anliefen. Aber im Moment war ich zu geizig, die Karre wieder in Schuss bringen zu lassen.

Ich hätte den Geldsegen, den eine Modelkarriere mit

sich bringen würde, wirklich gut gebrauchen können. Besonders, weil ich wohl oder übel meinen Job würde aufgeben müssen, denn, wie es aussah, plante mein Chef eine Fusion unserer Kanzlei mit der von Fotzen-Harald. Und das konnte ich unmöglich überleben.

Darum musste ich entweder einen laaaaaangen unbezahlten Urlaub einlegen oder mir bei Gelegenheit einen neuen Job suchen. Vielleicht in der Arktis – denn dort würde ich hoffentlich keinem der Spinner über den Weg laufen, mit denen ich mich bei meiner Suche nach meinem ganz persönlichen Mister Grey getroffen hatte. Da Model-Jobs in der Arktis aber vermutlich so rar waren wie dominante Milliardäre auf Dating-Webseiten (und ich weiß, wovon ich spreche), würde das Auto wohl weiterhin auf die lebenserhaltende Reparatur warten müssen.

„So schrecklich kann es nicht gewesen sein, es hat dich immerhin zu mir geführt“, riss mich Marc aus meinen Grübeleien.

„Sei dir nur nicht so sicher, dass ich auch bei dir bleibe, Marc. Vielleicht war es nur der Schock auf all die Spinner aus der Onlinepartnervermittlung, der meine Wahrnehmung etwas verschoben hat. Könnte ja sein, dass ich dich nur gut finde, weil die anderen Typen noch viel schlimmer waren. Das kleinste Übel – sozusagen!“

„Wenn dir nach etwas Größerem ist, dann viel Spaß mit dem Riesenpimmel, den du auf dem Fensterbrett stehen hast.“

Ich spürte, wie ich rot wurde, als er meinen Vibrator-Fehlkauf zur Sprache brachte, aber nach allem, was ich in den letzten Wochen erlebt hatte, war Prüderie wohl fehl am Platz.

„Oh, Marc, das ist echt jämmerlich! Ich weiß genau, was du vorhast! Du brichst doch nicht ernsthaft einen Streit vom Zaun, nur weil du Schiss vor einer Hochzeit hast, oder?“

Er öffnete die Tür und stieg aus. Genervt beugte er sich noch einmal zu mir ins Auto.

„Ich finde einfach, dafür ist es noch zu früh, Anna!“

„Meine Güte, Marc!“ Ich stieg ebenfalls aus dem Wagen und nahm die Klappbox mit unseren Einkäufen aus dem Kofferraum. „Es wär vielleicht zu früh, wenn es unsere Scheißhochzeit wäre! Aber es ist wirklich nicht zu früh, als Paar bei der Feier meiner Schwester aufzulaufen.

Kapitel 3

Nach dem Streit mit Marc verkroch ich mich in meinem Zimmer und leerte meine Notration Schokodrops, die ich immer in meinem Nachttisch liegen hatte. Die Hochzeit meiner Schwester Marie nervte mich schon jetzt – und dabei hatte Marie mich noch nicht mal mit ihren butterblumenfarbigen Tischkärtchen und diesem ganzen Tamtam genervt. Aber das war nur eine Frage der Zeit, das wusste ich.

Marie war ein Kontrollfreak! Und sie verteilte gerne Aufgaben. Sie war eine echte Landplage. Und doch das Kind, das sich jede Mutter wünschte. Schön, klug und als Psychologin supererfolgreich – was dazu führte, dass sie, zusammen mit meiner Mutter, jeden meiner Schritte und jede meiner Taten analysierte. Irgendwie gelang es ihr dabei immer, mich als total verschroben hinzustellen (nicht, dass ich das nicht wäre – aber sie mussten das ja nicht ständig ausdiskutieren). Ich ging ihr, wo immer ich konnte, aus dem Weg, denn ich kam mir in ihrer Nähe vor wie ein Frosch auf dem Seziertisch.

Ich ließ mich aufs Bett fallen und grapschte dabei nach der Einladung auf meinem Schreibtisch.

Vielleicht war es ein kleiner Anflug von Neid, der mich die Nase über das elegante Büttenpapier krausziehen ließ. Vielleicht war es aber auch der zarte Duft nach Veilchen, der dem Papier entstieg. Das allein war doch schon too much, oder nicht?

Blattgold veredelte die Vorderseite, auf der sich ein Foto des glücklichen Paares befand. Marie und Klaus – in erhabener Pose. Das Bild hatte mit Leidenschaft oder Hingebung nichts zu tun. Es zeigte nur zwei Menschen, die einen Plan hatten. Einen Plan vom Leben.

Ich schnaubte missmutig. Wo war mein Plan vom Leben? Wo lag meine Zukunft? Ich hatte nicht den blassesten Schimmer.

Marc hörte in seinem Zimmer Musik, und ich rollte mich frustriert auf den Rücken. Marc war – überraschenderweise – ein wirklich toller Kerl. Nur stand er nicht gerade auf Bindungen. Er war eher der Typ Hochzeits-Crasher als der Typ Bräutigam. Nicht, dass ich ans Heiraten dachte … obwohl ich natürlich schon ans Heiraten dachte. Das war ja klar. Ich war immerhin eine Frau. Meine Uhr tickte – wenn auch leise.

Und dass der Zeiger dieser Uhr nun in Richtung Hochzeit deutete, war überhaupt nur Maries Schuld!

Mit ihrer vollkommen überzogenen Einladung zu ihrer todschicken und megaromantischen Hochzeit am Starnberger See streute sie quasi ein ganzes Salzfass in meine Wunde. Die Wunde der ewigen Singlefrau! Aber ich war verdammt noch mal kein Single mehr! Ich hatte Marc, der mich auf diese verdammte Hochzeit begleiten würde – ob er wollte oder nicht!

Die Hochzeit war zwar erst in vier Wochen, aber ich stand jetzt vor der schwierigen Entscheidung, auf der Einladungskarte anzukreuzen, ob ich allein oder in

Begleitung kommen würde.

Allein oder in Begleitung …

So einfach sich das anhörte, so entscheidend war dieses Kreuz auf der Karte. Ich war bisher immer allein gekommen! Zu jedem erdenklichen Anlass in den letzten Jahren hatte ich mir die gleichen Reden anhören dürfen. Die arme Anna bekam keinen ab – aber das hatte sich doch geändert! Und darum musste Marc einfach mitkommen!

Er war doch das Symbol meines neuen, sexy-kühnen Lebens! Warum also stellte er sich nur so doof an? Wäre ja noch schöner, wenn ich mich mal wieder allein auf eine der unvergesslichen Familienfeiern begeben müsste.

Ich zog noch immer genervt meine Nachttischschublade auf und hoffte auf ein zweites Päckchen Schokodrops – aber vergeblich. Nicht einmal das hatte ich.

Wie es aussah, musste ich mal wieder mein Leben selbst in die Hand nehmen. Beim Blick auf den lilafarbenen Riesendildo auf meinem Fensterbrett wurde mir eines klar: Mir wurde einfach nichts geschenkt. Das Leben hielt für mich kein Blattgold bereit – nur Fettnäpfchen. Aber diesmal nicht!

Ich würde auf dieser Hochzeit nicht wieder die unglückselige Anna sein, die keinen abbekam und notorisch untervögelt war. Ich würde strahlen vor Glück über meine wundervolle Beziehung, die so viel mehr Tiefe besaß als die Mulde in meiner Matratze, nachdem Marc und ich uns vergnügt hatten.

Und obwohl ich selbst überhaupt keine Lust auf die Hochzeit hatte, musste ich mir einen Plan zurechtlegen, mit dem es mir gelingen würde, Marc zu überzeugen, mitzukommen!

Knurrend schlug ich auf meine Bettdecke und rollte mich von der Matratze. Kühn und mutig – so, wie ich ja nun einmal war – setzte ich mein Kreuz bei „*in Begleitung*".

Am Abend hatte ich genug davon, mich schmollend in meinem Zimmer zu verkriechen, denn mir ging die Nahrung aus. Ich hatte nicht nur sämtliche Drops verdrückt, die ich noch in den Untiefen meines unaufgeräumten Zimmers hatte finden können (ja, finden! Ich schließe den leicht angestaubten Drop unter meinem Bett hierbei nicht aus, auch wenn er seinem Geschmack nach zu urteilen seine beste Zeit schon hinter sich hatte), nein, ich hatte auch noch den uralten Müslirigel aus meiner Sporttasche gegessen, der noch aus der Zeit stammte, als ich regelmäßig mit meiner ehemaligen Mitbewohnerin Tanja zum Fatburningkurs gegangen war. Das war vor über zwei Jahren gewesen. Damals hatte sie sich noch mit Marc vergnügt, und ich hatte mir, frustriert über deren lautes Liebesspiel, meine Pfunde angefressen.

Aber das gehörte der Vergangenheit an. Mein schmollender Nachmittag war ja quasi schon fast einer Nulldiät gleichzusetzen, und ich fühlte beinahe, wie ich dank des höchstwahrscheinlich verdorbenen Müsliriegels abnahm.

Da man es ja aber bei Diäten besser nicht übertreiben sollte (es war erschreckend, wie schnell so was in eine echte Essstörung ausartete – und ich wollte ja wirklich kein Risiko eingehen ...), gab ich nun meinem grummelnden Magen nach und schlich in die Küche.

Vielleicht saß Marc ja vor seinem Computer und arbeitete. Das tat er zurzeit oft, denn er hatte einen superwichtigen Riesenauftrag für eine aufsteigende Softwarefirma aus dem Silicon Valley. Ich glaube, er hatte vor, der nächste Steve Jobs zu werden. Wenn er beschäftigt war, könnte ich mich unbemerkt wieder verkriechen, er würde die Nacht einsam und verlassen in seinem kalten Bett verbringen und mich schrecklich vermissen. Und morgen würde er sich entschuldigen, mich auf Knien anflehen, ihn zur Hochzeit mitzunehmen, nur, damit er nicht noch eine Nacht seines Lebens ohne mich und meine Zuneigung verbringen musste.

Ja, genau so würde es ablaufen! Ich grinste und spähte hinüber zu seiner weit geöffneten Zimmertür, aus der noch immer laute Musik drang.

Wie konnte er bei dem Lärm nur produktiv sein?

Ich verrenkte mir fast den Hals, um einen heimlichen Blick auf ihn zu erhaschen, aber ich konnte ihn nicht sehen. Ich trippelte näher ans Sofa und neigte mich etwas nach vorne …

„Was schleichst du denn hier herum?"

Ich fuhr hoch, und ein stechender Schmerz fuhr mir in den Nacken.

„Au!", stöhnte ich und warf Marc einen vernichtenden Blick zu. „Du Blödmann! Warum erschreckst du mich so?"

Ich rieb mir den Hals und versuchte, die Schultern zu bewegen.

„Sorry, ich wusste ja nicht, dass du in geheimer Mission unterwegs bist. Du schleichst hier rum wie ein verkappter MI6-Agent.“ Er grinste. „Hast du vielleicht sogar Raketenwerfer in deinem BH versteckt, Annalein?“

Wie um das zu überprüfen, streckte er seine Hände aus und legte sie mir auf die Brüste. Sofort wurde mir warm, und ich hoffte, dass diese Hitze sich schmerzlindernd auf meinen Nacken auswirken würde.

Unter seiner zärtlichen Berührung schmolz mein Ärger über seine Bindungsangst dahin, und ich lehnte mich zart an ihn.

„Wenn ich ein MI6-Agent bin – wer bist dann du? Mein Bond-Girl?“

Er zwinkerte verschmitzt.

„Ich bin der Bösewicht!“

Damit verpasste er mir einen Klaps auf den Hintern und murmelte mir ins Ohr: „Und du tust besser, was ich sage, oder ich bringe die Welt zum Einsturz!“

Er fuhr mit den Händen unter mein Shirt und umfasste meine Taille. Zum Glück hatte ich ja heute schon etwa ein halbes Gramm abgenommen – ich fühlte mich wie Kate Moss, nur mit deutlich größeren Brüsten, als ich nach seinem Hosenbund griff. Seine Haut strahlte eine verheißungsvolle Hitze ab, die mein Blut schon jetzt zum Kochen brachte. Marc war nicht der dominante Milliardär, den ich gesucht hatte, aber er verstand es dennoch, mich richtig anzumachen.

„Oh ja, du böser Bösewicht – bring meine Welt zum

Einsturz“, bettelte ich und kicherte, als er mich hochhob und schnurstracks in sein Zimmer trug.

„Wie du willst, Annalein – aber sag nachher nicht, ich hätte dich nicht gewarnt!“

Eine Stunde später knurrte mein Magen so laut und vernehmlich, als wollte er höchstpersönlich den Pizzaboten herbeirufen. Er nahm mir offenbar übel, dass ich mich auf dem Weg zum Kühlschrank durch meine sexuellen Gelüste von der Nahrungssuche hatte abbringen lassen. Ich rollte mich vom Bett und suchte meine Klamotten. Hatte der Bösewicht etwa meine Jeans geklaut? Wollte er damit die Weltherrschaft an sich reißen?

Im Moment jedenfalls sah Marc alles andere als gefährlich aus. Er hatte die Arme unter seinem Kopf verschränkt und blinzelte mich zufrieden an.

„Wo willst du denn hin?“, fragte er und klopfte auf die Matratze neben sich. „Vielleicht solltest du lieber noch mal herkommen, denn ab Montag werden wir dafür kaum noch Zeit finden. Du weißt doch, dass ein Kollege aus den USA angereist kommt, um das neue Projekt mit mir zu erarbeiten.“ Er deutete auf einen der blinkenden Monitore auf seinem Schreibtisch, und ich tat so, als wüsste ich genau, was er meinte, dabei war mir das vor lauter Hochzeitsüberlegungen irgendwie entfallen.

Schmollend schob ich meine Unterlippe nach vorne und krabbelte zurück unter seine Bettdecke.

„Gehst du dann jeden Tag ins Büro?“, fragte ich missmutig, denn ich hatte mich so richtig daran gewöhnt, dass Marc so oft von zu Hause aus arbeitete. Es war schön, ihn immer um mich zu haben, wenn ich aus der Kanzlei zurückkam.

„Ich fürchte, ja. Aber die Nächte, Annalein … die Nächte gehören uns!“ Damit zog er mich an sich und rollte sich auf mich.

Dieser Tag schien dazu auserkoren, mich zu einem Size-Zero-Model zu machen, denn auch eine weitere Stunde später hatte ich noch immer nichts gegessen. Mein Magen hatte inzwischen jede Hoffnung auf ein gutes Ende aufgegeben und sein Brummen eingestellt, und mein Blutzuckerspiegel lag irgendwo unterhalb der Teppichkante.

Ich war so hungrig, dass ich kurz davor stand, Marc anzuknabbern. Als könnte er meine Gedanken lesen, schwang er seine Beine aus dem Bett, schlüpfte in seine Boxershorts und schlenderte zur Tür.

„Ich mach uns ein paar Eier – und danach reden wir noch mal über diese nervige Hochzeit.“

Kapitel 4

„Was müsste ich denn auf dieser bescheuerten Veranstaltung anziehen?“, fragte Marc mit einem leicht leidenden Unterton, während er geschickt mit dem Pfannenwender hantierte.

Wie immer, wenn ich dieses Küchenwerkzeug sah, pochte mein Hintern, als erinnerte er sich nur zu gut an den verheerenden Abend mit Harald. Harald und der Pfannenwender hatten sich für immer in mein Gedächtnis eingebrannt. Damit hatte der perverse Harald es weitergebracht als gedacht. Ihn würde ich wohl nie vergessen – leider!

„Träumst du? Ich rede mit dir, und du … du schmachtest den Pfannenwender an“, foppte mich Marc und grinste frech. „Willst du es mal wieder auf die harte Tour, meine kleine Misses Grey?“

„Hör schon auf! Du weißt, dass ich mich da irgendwie in was verrannt hatte. So sadistisch … oder masochistisch veranlagt, wie ich dachte, bin ich ja wohl doch nicht.“

„Und warum willst du mich dann quälen und auf diese Hochzeit schleppen?“

„Weil ich dich brauche, Marc. Ich … ich will ihnen allen zeigen, wie sehr … wie sehr ich dich mag.“

„Mag? Du … magst mich? Ist das schon alles? Was ist mit dem Begehren? Und der Liebe? So ein bisschen mögen beeindruckt mich jetzt nicht, Annalein."

„Du Idiot! Du weißt genau, dass … dass ich dich nicht nur mag! Ich mag dich sogar sehr, und ganz besonders, wenn du mit auf die Hochzeit kommst."

Er seufzte, hob seine Spottbraue und streckte seinen Arm nach mir aus.

„Du lässt mir ja im Grunde überhaupt keine Wahl." Er schob mir ein Ei auf den Teller. „Wie könnte ich auch nur einen Tag ohne dich sein?"

Hammer, oder? Ich war echt gerührt! Das war ja wohl mal ein erstklassiges Liebesbekenntnis – ich wollte zwar vorerst nicht zu viel hineininterpretieren, aber das klang ja echt schon fast nach einem Antrag!

„Also, Marc …", flüsterte ich gerührt, aber er grinste nur breit, stellte die Pfanne in die Spüle und kam zu mir. Wieder versetzte er mir einen Klaps auf den Po.

„Wie könnte ich nur auf deine kleinen Schreie verzichten? Auf dieses wunderbare Geräusch, wenn meine Hand auf deinen Allerwertesten trifft …"

Er lachte und wiederholte das Ganze. „Auf dein Keuchen …"

Na super! Wenn das ein Antrag war, dann einer von der Sorte, über den man später mal nicht bei einem Sonntagskaffee mit der ganzen Familie berichten sollte, selbst wenn man mein lustvolles Stöhnen durchaus als Ja hätte auffassen können.

Mit einem Schulterzucken verbannte ich jeden Gedanken an großmütterliches Kaffeetrinken und feines Porzellan und überließ mich stattdessen dem verheißungsvollen Kuss meines Mister Grey, der seine ganz eigenen Methoden besaß, mich zu seinem willigen Spielzeug zu machen.

Am nächsten Morgen scannte ich einen Stapel Prozessakten ein und überlegte mir dabei, was ich für Maries Hochzeit noch alles brauchte.

Ein Geschenk natürlich – aber was? Schenkte man nicht üblicherweise irgendwelchen Küchenkram? Vielleicht einen Pfannenwender …?

Ich kicherte bei diesem Gedanken und kam dabei mit den Akten durcheinander. Als ich das Chaos wieder im Griff hatte, überlegte ich weiter.

Marie war zu prüde für einen Pfannenwender. Sie war ehr der Meißner Porzellan-Typ. Aber wie kostspielig war das wohl? Vermutlich würde da schon eine Zuckerdose an meinen Ersparnissen kratzen. Mein Budget war winzig – oder würde nach einem Kleid für die Feier und neuen Schuhen winzig sein! Und damit rückte auch die Reparatur meines Autos in noch weitere Ferne.

Mit ärgerlich zusammengepressten Lippen erinnerte ich mich an das Gespräch mit meiner Mutter:

„Das wird der größte Tag im Leben deiner Schwester werden – da erwarte ich, dass du dich einbringst und sie unterstützt, wo du nur kannst."

Natürlich – ich hatte ja Zeit! In den Augen meiner

Mutter entsprach das der Wahrheit, denn sie dachte sicher, dass ich kein nennenswertes Leben führte und daher wirklich nichts Wichtigeres zu tun haben könnte.

Ich sollte ihr sagen, dass ich gestern drei Stunden lang Sex gehabt hatte. Wie stellte sie sich das vor? Sollte ich Servietten falten und Tischkärtchen kleben, während …

Nun, jedenfalls war ich doch in letzter Zeit wirklich sehr beschäftigt!

Mein Telefon klingelte, und ich ließ die Akten sinken, um ranzugehen. Immer, wenn ich hier in der Kanzlei ans Telefon musste, erwartete ich, die Stimme von Fotzen-Harald am anderen Ende zu hören. Er rief oft an. Die Fusion der Kanzleien verlangte viel Organisation. Und viel Kontakt. Mir schwitzten die Hände, und ich verstellte automatisch meine Stimme, ehe ich den Hörer abnahm.

„Kanzlei Abel“, meldete ich mich.

„Anna? Was ist denn mit deiner Stimme los? Bist du krank? Ich sage dir ja immer, du sollst deine Blusen bis oben zuknöpfen, sonst bekommst du noch eine Bronchitis …“

Das hatte mir gerade noch gefehlt!

„Hallo, Mama!“, unterbrach ich sie schnell. „Warum rufst du mich denn nicht auf dem Handy an?“

„Das habe ich schon, aber da geht nur die Mailbox ran.“

„Weil ich arbeiten bin“, erklärte ich ihr unsinnigerweise. Natürlich wusste sie das, aber wenn Mama etwas brauchte, dann konnte das nicht warten.

„Sicher, sicher …“, tat sie diesen Einwand ab. „… aber du kannst doch bestimmt etwas früher Schluss machen. Ich habe einen Termin mit dem Streichquartett, das sich

Marie für die Hochzeit wünscht."

„Ein Streichquartett? Will sie uns einschläfern?"

„Aber nein! Das wird sehr stilvoll sein und den Tanz sehr geschmackvoll untermalen."

„Den Tanz? Was für einen Tanz?"

Ich wollte es nicht wissen! Wirklich nicht! Allein das Wort Tanz ließ meine Zehennägel sich aufrollen, und ich sah mich schon jetzt eine schlechte Figur machen. In meiner Jugend hatte ich zu Scooters „Hyper, Hyper" im Takt gewippt. Und damit erschöpfte sich meine Tanzerfahrung auch schon.

„Na, auf der Hochzeitsfeier. Oder was denkst du, wovon ich spreche? Marie wünscht sich einen richtigen Ball. Hat sie dir noch nicht das Magazin mit den Kleidern gezeigt, die sie sich für die Brautjungfern wünscht?"

„Brautjungfern? Ist das nicht sehr amerikanisch?", fragte ich und überlegte, welche von Maries Freundinnen sich wohl in so ein typisch-kitschiges Brautjungfern-Outfit stecken lassen würde. Na, verdient hätten es diese tussigen Weiber ja alle.

„Ich weiß nicht, warum du zu allem so negativ eingestellt bist, Anna. Es ist der große Tag deiner Schwester – lass sie das doch machen, wie sie möchte. Und ich bin sicher, du siehst in dem Kleid, das sie ausgesucht hat, zauberhaft aus."

„Ich? Welches Kleid?"

„Also wirklich, Anna! Hörst du mir eigentlich zu? Das Brautjungfernkleid natürlich! Und jetzt sag mir, ob du Zeit hast, das Orchester mit mir anzuhören. Marie kann nicht. Sie lässt sich die Krähenfüße mit Botox behandeln."

Der Schock saß tief. Nicht wegen des Botox – das wusste ich schon länger. Ich hatte einen Brautjungfernkleid-Tanzschock. Ich schaute auf meine beiden linken Füße hinunter und überlegte, wie ich aus dieser Nummer wieder herauskam. Insgeheim hoffte ich auf einen Treppensturz, der mir die Beine brechen würde …

„Anna?"

Ups – sie erwartete eine Antwort.

„Also … eigentlich …"

„Du hast versprochen, dass du Marie unterstützt!", ermahnte mich Mama. „Kannst du um zwei hier sein?"

Ich hatte es nicht versprochen. Sie hatte es von mir verlangt – das war ein himmelweiter Unterschied!

„Anna?", beugte sich nun auch noch meine Kollegin zu mir rüber? „Der Chef fragt, ob wir für das Meeting mit Herrn Hittinger schon alles vorbereitet haben? Kannst du die Präsentation leiten?"

Was? Ein Meeting mit Fotzen-Harald? Und ich sollte es leiten? Da würde ich lieber sterben!

Entschuldigend deutete ich auf den Telefonhörer und schüttelte den Kopf.

„Oh, sorry! Du weißt doch, dass meine Schwester heiratet – ich muss heute leider früher Schluss machen", erklärte ich ihr knapp. „Mama? Also das klappt. Ich komm dann gleich bei dir vorbei."

Ich floh aus der Kanzlei und stöckelte zur Straßenbahnhaltestelle. Ich musste unbedingt anfangen, Bewerbungen zu schreiben, ehe sich mein Arbeitsplatz in einen Sexspielplatz für Viagra-Junkies verwandelte.

Ich dachte noch darüber nach, ob ich wohl noch die Bewerbungsfotos aus meiner Schulzeit verwenden konnte (schließlich sah man mir mein Alter kaum an), als mir auf der anderen Straßenseite eine Tanzschule ins Auge fiel.

„Marie wünscht sich einen richtigen Ball!“, hallten mir Mamas Worte im Ohr. Vielleicht sollte ich mit Marc einen Schnellkurs besuchen, damit wir nicht total negativ auffallen würden.

Kapitel 5

Ich hatte meine Pumps in der Hand, als ich mich spät abends die Treppen in den dritten Stock hinauf schleppte. Das Gedudel des Orchesters hallte mir noch im Kopf nach, wie das schrille Echo eines jodelnden Bergbauern. Es war Zeit für meine Jogginghose und einen Kuss von Marc. Dass er zu Hause war, hörte ich schon an der lauten Musik, die durch die Wohnungstür drang. Es war fast erschreckend, wie glücklich mich das machte. Offenbar hing mein eigenes Glück mehr von Marc ab, als ich mir eingestehen wollte.

Gedankenversunken ließ ich die Schuhe neben der Tür fallen.

„Marc?", rief ich und lauschte.

Die Dusche lief, und mit einem Grinsen öffnete ich meine Bluse. Ich konnte auch eine Dusche gebrauchen – und alles andere, was mich dort hinter dem Duschvorhang erwarten würde.

„Hello!"

Ich wirbelte erschrocken herum. In der Küchentür stand eine Frau. Eine wirklich gut aussehende Frau. Sie hielt ein Rotweinglas und kam nun mit ausgestreckter Hand auf mich zu.

„Sie müssen Anna sein. Marc hat viel von Ihnen gesprochen."

Äh … ja! Und wer genau war sie? Die Fremde mit dem britischen Akzent? Denn von ihr hatte Marc unter Garantie noch nie gesprochen!

Sie schüttelte mir energisch die Hand, und ich hatte das Gefühl, ihr fester Händedruck sollte mir zeigen, dass ich sie ernst zu nehmen hatte.

„My name is Cat. Ich bin aus dem Büro in London."

„Cat …", wiederholte ich ungläubig und ließ meinen Blick über ihre dazu passende katzenhafte Figur wandern.

Ein schwarzer Bleistiftrock schmiegte sich um ihre schlanke Taille, und die weiße Satinbluse umfloss ihren Busen. Die Kurzhaarfrisur saß perfekt. Ihr dunkelroter Lippenstift hätte in jedem anderen Gesicht aufdringlich gewirkt, aber in der Mischung mit den mandelförmigen dunklen Augen, der samtbraunen Haut und den hohen Wangenknochen wirkte er sehr geschmackvoll. Und verführerisch!

Ich musste hart schlucken, denn Cats endlose Beine reichten mir fast bis unter die Achseln, und … und sie war barfuß!

Warum zum Teufel war diese Tussi barfuß in meiner Wohnung unterwegs und wo war …?"

„Marc!", schien Catwoman meine Gedanken zu erraten.

Sie wandte sich lächelnd von mir ab, und ich folgte ihrem Blick.

Marc kam, ein Handtusch lässig um die Hüften gewickelt, aus dem Badezimmer. Wassertropfen perlten auf seiner Brust und rannen ihm aus dem Haar. Er sah aus wie der Klippenspringer aus der Duschgel-Werbung.

„Anna. Cat. Ihr habt euch schon bekannt gemacht?",

fragte er und kam näher. „Deine Bluse steht offen“, bemerkte er beiläufig und legte mir seinen Arm um die Schultern, als wäre ich sein Kumpel vom Fußballplatz.

Meine Bluse? Shit – ich hatte ja zu ihm unter die Dusche schlüpfen wollen, ehe …

Ich stieß Marc von mir und nestelte an der Knopfleiste herum.

„Bekannt gemacht – ist vielleicht etwas übertrieben“, presste ich verärgert heraus. Wollte er sich nicht vielleicht endlich mal etwas anziehen?

Catwoman schien sich am Anblick meines unbekleideten Freundes nicht zu stören, aber mir ging das Ganze doch gehörig auf den Zeiger!

„Cat arbeitet mit mir an der Usability des Programms in Zusammenspiel mit dem Layout. Sie hat einige Marktanalysen durchgeführt und …“

„*Sie* ist der Kollege aus Seattle? Ich dachte, sie kommt aus London?“

Das konnte nicht wahr sein! Ich hatte mir einen verschwitzten Ami mit Baseballcap und Hochwasserhosen vorgestellt – einen Nerd im Stil von Star-Wars-Aron. Hier stand aber eine Mischung aus Halle Berry und Lucy Liu. Ein Bond-Engel sozusagen! Und Marc? Er hatte mir ja erst zu verstehen gegeben, dass er ein Bösewicht war!

Ich starrte entsetzt zwischen den beiden hin und her. Ein von erotischem Prickeln geladener Blockbuster spielte sich vor meinem geistigen Auge ab.

Ich war echt im Arsch!

„That’s right – alle wichtigen Entscheidungen werden von London aus getroffen. Den Jungs in Seattle fehlt …

die Finesse“, erklärte Cat, und ich glaubte, sie schnurren zu hören.

„Ja, ich war selbst ganz überrascht“, sagte Marc mit Unschuldsmiene. „Wir haben den ganzen Tag zusammen das Interface für die Landingpage überarbeitet, und ich kann nur sagen – sie steckt voll interessanter Ideen.“

Interface? Landingpage?

Ich verstand kein Wort, daher lächelte ich möglichst unverbindlich und zerrte Marc am Arm hinter mir her.

„Ja, wie spannend … aber, Marc … könnte ich wohl mal kurz … Cat, Sie entschuldigen uns …“

Ich zitterte vor unterdrückter Wut und Enttäuschung. Ich durfte keine Szene machen. Es gab eine plausible Erklärung für die Anwesenheit dieser Tussi in meiner Wohnung. Oder zumindest für ihre Anwesenheit in München …

Ommmm – ich versuchte, mich zu beruhigen, als ich Marc hinter mir in sein Zimmer schleppte und die Tür schloss. Ommmm! Ich ruhte in mir selbst – Ommmm!

„Anna, was …?“

„Spinnst du?!?“, entfuhr es mir schrill, und ich hatte den Eindruck – doch nicht so ganz in mir zu ruhen. „Warum ist diese Tussi hier in unserer Wohnung? Und warum bist du nackt? Und wo sind ihre Schuhe? Und wer heißt schon Cat … und überhaupt? Was ist hier eigentlich los?“

Ich stampfte zornig mit dem Fuß auf und funkelte ihn böse an. Tränen brannten hinter meinen Lidern, aber ich würde nicht heulen, nur, weil Miss Worlds jüngere Schwester in meiner Küche stand und Marc anschmachtete.

„Reg dich mal ab, okay! Ich habe Cat – Catness Stone - mit hergebracht, weil wir seit heute Morgen in dem stickigen Büro gesessen haben. Ich habe Hunger und wollte duschen." Er kam auf mich zu und umfasste zärtlich mein Kinn. „Und weil wir für heute noch lange nicht fertig sind, dachte ich, es wäre schön, zumindest mit dir zusammen etwas zu essen, ehe wir uns die halbe Nacht im Büro um die Ohren schlagen. Ich hab nur an dich gedacht, Annalein."

Marc küsste meinen Scheitel, ehe er das Handtuch fallen ließ und sich eine Boxershorts aus dem Schrank nahm. Ich spürte meine Wut abflauen. Er hatte recht. Ich musste mich beruhigen. Ich bekam ein schlechtes Gewissen, weil ich ihm insgeheim das Schlimmste unterstellt hatte. Er konnte schließlich nichts dafür, wen man ihm schickte.

Und obwohl mir nicht gefiel, dass diese Catness hier herumlungerte, war ich doch froh, dass Marc sie mir vorgestellt und sie nicht vor mir versteckt hatte.

„Dann … dann essen wir jetzt alle etwas?", fragte ich und ging im Geiste schon meinen Kleiderschrank durch. Hatte ich irgendetwas, das mich auch nur halb so gut aussehen ließ wie dieses Superweib? Vermutlich nicht. Mit einem wehmütigen Gedanken an meine Jogginghose stellte ich mich darauf ein, mich jetzt noch mal richtig in Schale zu werfen. „Wenn ihr mir zehn Minuten gebt, dann …"

„Oh, sorry, Anna." Marc knöpfte seine Jeans zu und zuckte die Schultern. „Ich hatte gedacht, du kämst direkt nach der Arbeit heim, aber … du bist spät dran, und wir … haben schon gegessen. Wir wollten gleich zurück ins Büro."

Na toll! Matt ließ ich mich aufs Bett nieder und versuchte, mir meine Enttäuschung nicht anmerken zu lassen.

„Ach so", murmelte ich. „Und wann … wann kommst du wieder?"

„Weiß ich noch nicht. Kann spät werden." Sein Kopf verschwand im Shirt und kam verstrubbelt wieder raus.

Ich verspürte den Drang, ihm durch die noch nassen Haare zu streichen.

„Aber du kommst doch heim, oder?"

Marc wurde ungeduldig.

„Hör zu, ich muss jetzt los. Ich weiß nicht, wie lange wir heute noch machen. Das siehst du dann schon."

„Aber …" Ich griff nach seinem Arm, als er sich schon der Tür zuwandte. „Aber wir haben uns heute kaum gesehen. Ich … wollte wegen der Hochzeit mit dir sprechen."

„Dafür hab ich jetzt echt keine Zeit, Anna. Und auch keine Nerven. Das ist ein wichtiger Auftrag für mich, und ich will, dass Cat mit meiner Leistung zufrieden ist. Das geht jetzt vor."

„Und ob ich zufrieden bin, ist dir egal?", fragte ich verärgert. So einfach schob er mich aufs Abstellgleis – dabei würde es sicher nichts ausmachen, mir fünf Minuten seiner Zeit zu schenken.

„Herrgott, Anna!", fuhr er mich an und strich sich das Haar aus dem Gesicht. „Ich hab keinen Kopf für deine weiblichen Befindlichkeiten! Wenn du dich wegen Cat aufregen willst, dann kann ich dir nicht helfen. Ich mach nur meine Arbeit – aber die muss ich gut machen, und deshalb muss ich jetzt los. Und wegen dieser Scheißhochzeit will ich mich erst recht nicht mit dir streiten. Also lass uns das ein andermal klären."

Er ging aus dem Raum, und ich hörte ihn mit seiner Kollegin lachen. Dann fiel die Wohnungstür hinter ihnen ins Schloss, und ich blieb allein zurück.

Zum zweiten Mal in dieser Nacht lief die DVD von „Dirty Dancing", und ich konnte die Augen fast nicht mehr offen halten. Es war schon beinahe drei Uhr morgens und Marc war noch immer nicht wieder da. Ich warf alle dreißig Sekunden einen Blick auf mein Handy, in der Hoffnung, er würde sich melden. Aber nichts.

Sicher hatte er heißen Sex mit dieser Tussi!

Ich schüttelte die Chipstüte, aber sie war leer. Frustriert schleckte ich meinen Finger ab und wischte damit das Fett und das Paprikapulver aus der Tüte. Das war erbärmlich! Und ich wusste es, aber irgendwie musste ich die schreckliche Leere in mir füllen. Ich kniff mir in das Bauchspeckröllchen, das sich über dem Bund meiner Jogginghose abzeichnete, und fluchte.

Wie konnte er *keinen* Sex mit dieser Göttin haben? An der war sicher kein Gramm Fett zu viel! Ich selbst würde Sex mit ihr haben wollen, wenn ich ein Mann wäre! Und Marc war schon immer ein Aufreißer gewesen.

Mit Grauen dachte ich an all die Weiber, die er in den letzten Jahren hier angeschleppt hatte. Und doch hatte er sich zuletzt für mich entschieden. Warum? Weil ich gerade zur Stelle gewesen war, als er eine Frau gesucht hatte? Oder, weil er wirklich etwas für mich empfand? Und wie schwer wog seine Zuneigung zu mir im Vergleich zu dem unübersehbaren Sexappeal dieser Catness?

„Da hörst du es – sie kann noch nicht mal den Merengue tanzen!“, rief Johnny im Film, und ich wandte mich wieder dem Fernseher zu. Ich fühlte mich wie die unscheinbare Frances Houseman. Und wenn Marc nicht mit mir zum Tanzkurs kommen würde, dann konnte auch ich keinen Merengue tanzen! Nicht, dass ich große Hoffnungen hegte, den Tanz jemals zu beherrschen – Kurs hin oder her. Aber ich wollte doch zumindest einen langsamen Walzer aufs Parkett legen können.

Ich schnaubte und zerknüllte die Chipstüte. Die Liste der Dinge, die ich wollte, wurde immer länger:

- *Ich wollte, dass Marc mich liebte.*
- *Ich wollte, dass sein Penis kein Interesse an Katzenweibern zeigte.*
- *Ich wollte, dass er mit mir zur Hochzeit kam.*
- *Und ich wollte, dass wir elegant über die Tanzfläche wirbelten, damit meiner nervigen Verwandtschaft vor Staunen die Spucke wegblieb.*

Kapitel 6

Ich erwachte steif wie ein Brett auf dem Sofa, als mir die Sonne ins Gesicht schien. Mein Rücken schmerzte, und mein Kopf fühlte sich an, als gehörte er zu jemand anderem. Mühsam rappelte ich mich auf und rieb mir die Schläfen. Wie spät war es? Und wo war Marc?

Ich griff nach dem Handy und erschrak, als mir klar wurde, dass ich mir den Weg in die Kanzlei jetzt auch schon sparen konnte. Es war fast Mittag.

Mittag! Und – soweit ich das von meiner Position auf dem Sofa aus sagen konnte – kein Marc in Sicht. Auch kein Anruf. Na super!

Ich schlug mit der Faust aufs Polster und raufte mir die zerzausten Haare. Ich wusste, ich sollte mehr Vertrauen in ihn haben, aber welche Frau würde in meiner Situation nicht das Allerschlimmste annehmen? Wer würde nicht denken, dass Marc sich sexuell so verausgabt hatte, dass er nicht einmal mehr in der Lage war, eine SMS zu tippen. Vermutlich hatte er …

Ich fuhr auf, als die Tür aufging und Marc mehr hereinfiel, als er ging.

„Hi." Er hob die Hand zum Gruß und lehnte sich gegen die Tür. „Bist du gar nicht in der Kanzlei?"

Er sah total durchgevögelt aus! Die Haare standen ihm wild vom Kopf ab, er hatte Augenringe, und sein Shirt war zerknittert.

„Doch klar – ich bin in der Kanzlei! Was du hier siehst, ist nur mein Schatten! Ich war heute Morgen nämlich so schnell, dass er den Anschluss an mich verloren hat!“

Was sollte die doofe Frage? Ich stand vor ihm! Oder wäre es ihm vielleicht lieber, ich wäre nicht hier? Hatte er womöglich einen Grund, mir aus dem Weg zu gehen? Einen langbeinigen Grund mit britischem Akzent?

„Was soll der Ton?“, fragte Marc und schlurfte in Richtung Badezimmer.

„Der Ton? Was der soll? Ich möchte gerne wissen, wo du die ganze Nacht warst!“, rief ich aufgebracht und eilte ihm hinterher.

Au! Mein Rücken! Der hatte die Form der durchgesessenen Couch angenommen.

„Du weißt, wo ich war, Anna“, murrte Marc. Offenbar war er nicht gerade erpicht darauf, mir mehr zu erzählen. Seine Miene war abweisend.

„Ach echt? Weiß ich das?“ Zur Abwechslung versuchte ich mich mal daran, die Spottbraue zu heben. „Willst du mir weismachen, du wärst die ganze Nacht im Büro gewesen und hättest gearbeitet? Mit der schärfsten Frau seit der Erfindung der Frau?“

„Ist mir gar nicht aufgefallen“, murrte Marc und zog sein Shirt aus.

„Was?“

„Na, dass sie so scharf ist!“ Er sah mich herausfordernd an. „Vielleicht sollte ich das nächste Mal etwas genauer hinsehen.“

Boah, echt! Ich kochte vor Wut!

„Tu nicht so unschuldig, Marc! Du weißt genau, was ich meine! Also hör auf, mich zu verarschen, und sag mir, warum du erst jetzt nach Hause kommst!“

„Nein, Anna! Das mache ich nicht! Ich werde den Teufel tun, dich zu beschwichtigen und dir Liebesbeschwörungen ins Ohr zu flüstern, wenn du mir nicht mal bis zur Türschwelle traust! Was willst du denn auch von mir hören? Dass mich andere Frauen nicht interessieren? Dass ich Cat nicht so toll finde? Dass du mir lieber bist? Selbst wenn ich das sagen würde – du glaubst mir ja doch nicht. Also kann ich mir die Mühe auch sparen.“ Er wandte sich ab und wusch sich das Gesicht.

Ich fühlte mich beschissen. Ich wusste echt nicht, was ich denken sollte. Natürlich wollte ich ihm glauben. Und ich würde es auch, wenn … ja, wenn ich nur in Marc Vertrauen haben müsste. Aber ich hatte doch nun mal kein Vertrauen in *mich*. Kein Selbstvertrauen, um paranoide Fantasien zu vertreiben.

Ich sah ihm schweigend zu, wie er sich abtrocknete. Dann ging er wortlos an mir vorbei in sein Zimmer. Ich folgte ihm und wusste nicht, was ich sagen sollte.

„Marc, ich …“

„Ich bin müde, Anna. Es war eine … harte Nacht.“

Er kniff die Lippen zusammen, und ich wusste, was er meinte: „Denk doch, was du willst!“ Er war sauer. Aber warum er? Der ganze Streit war doch seine Schuld. Er hätte ja nur mal anrufen müssen.

„Ich finde, wir …“

„Im Ernst, Anna! Ich hab genug gehört. Ich will das jetzt alles nicht. Besser du gehst – ich muss jetzt echt schlafen.“

„Aber wir müssen kurz über die Hochzeit reden", platzte ich heraus. Ich wollte nicht, dass wir das Gespräch so beendeten. Wir hatten uns noch nie gestritten, und ich hatte Angst. Angst, dass es das mit uns gewesen sein könnte, wenn ich jetzt aus dem Zimmer ginge.

Marc hob seine Spottbraue.

„Über die Hochzeit?", fragte er ungläubig. „Du denkst echt, ich will jetzt – nach dieser Nummer – über die Hochzeit sprechen? Garantiert nicht, Anna – garantiert nicht!"

„Okay, Marc – ich verstehe! Wir haben einen Streit! Das kommt vor. Aber das bedeutet doch nicht, dass die Welt aufhört, sich zu drehen. Entscheidungen müssen getroffen werden, ob es uns gefällt oder nicht! Ich will uns für einen Tanzkurs anmelden und …"

„Ich mache keinen Tanzkurs!"

Bitte? Ich hatte ja noch gar nicht alles erklärt? Und trotzdem schob Marc mich rückwärts aus seinem Zimmer.

„Aber …"

„Ich mache keinen Tanzkurs!", wiederholte er barsch und schloss die Tür vor meiner Nase.

Ich starrte aufs Türblatt und ließ die Schultern hängen. Ungläubig.

„Marc!" So konnte er doch nicht mit mir umgehen! „Ich will, dass wir das diskutieren! Du kannst nicht einfach …"

„Doch – kann ich", brummte er durch die Tür. „Ich hab wirklich keine Lust, mir auf einer Tanzfläche die Füße platt trampeln zu lassen! Ich tanze nicht!"

Au! Das saß! Platt trampeln – das war echt hart. Er hatte also Sorge, ich würde ihm die Füße zerquetschen. Klar, ich war ja nun wirklich nicht so filigran gebaut wie seine bescheuerte Cat.

Ich schlenderte zurück in die Küche und genehmigte mir einen Becher Eis – darauf kam es jetzt eh nicht mehr an. Mein Freund hielt mich ja wohl ohnehin für einen fetten Trampel. Nicht einmal das köstliche Eis mit den Schokosplittern und der Karamellcreme schaffte es, mich aufzumuntern. Am liebsten hätte ich meinen Frust im Alkohol ertränkt, aber es war ja gerade erst Mittag.

Uhhh – Mittag! Ich musste unbedingt in der Kanzlei anrufen und mich krankmelden. Immerhin fühlte ich mich ja beschissen – da war das also noch nicht mal eine Lüge.

Nachdem ich meiner Kollegin erfolgreich diese *Nicht*-Lüge verkauft hatte, kratzte ich missmutig den letzten Rest Eis aus dem Becher und leckte mir die Lippen ab.

Ich war nicht gewillt, mich als Trampel ansehen zu lassen! Nicht von Marc! Klar, meine Familie hielt mich ohnehin für unsportlich – oder unelegant, aber dass Marc mich so sah, störte mich gewaltig. Und dabei hatte ich doch vorgehabt, auf der Hochzeit alle mit meinem eleganten Walzer zu überraschen.

Ich knüllte den Eisbecher zusammen und warf ihn in den Müll. Dann traf ich eine Entscheidung.

Ich würde mein Leben ändern!

Na gut, das kam mir irgendwie bekannt vor …

Ich räusperte mich und versuchte es erneut: Ich würde mein Leben ändern – nicht wie zuletzt, als ich versucht hatte, kühn, verrucht und sexy zu werden (denn das war ich ja jetzt). Ich würde allen Zweiflern wie Marc, meiner Familie und nicht zuletzt auch mir selbst beweisen, dass ich

Eleganz und Anmut besaß. Wie eine Gazelle würde ich … ähhh, was taten Gazellen denn so? Herumgazellen?

Ich runzelte die Stirn und suchte nach einem bildhaften zu meinem *neuen Ich* passenden Vergleich …

Leicht wie ein Schmetterling würde ich von Blüte zu Blüte flattern und … nein, das war ein Kindergartenvergleich. Ich war ja nicht mehr fünf! Das passte noch nicht!

Ich sah aus dem Fenster auf das Garagendach gegenüber. Nachbars Katze balancierte leichtfüßig an der Kante des Blechdachs und erinnerte mich mit jedem ihrer Schritte an Marcs Kollegin Catness. Sofort erhöhte sich mein Puls – Wutpuls vermutlich –, und ich beschloss, dass *ich* wie eine Katze sein würde.

Ich sah es schon vor mir, wie gestern in meinem Lieblingstanzfilm: In kurzen Jeans und einem weißen Hemd, unter der Brust geknotet, würde ich vor Marc stehen und mich im Takt der Musik wiegen. Er würde die Augen nicht von mir lassen können, wenn ich dann katzenhaft über den Boden auf ihn zukrabbeln würde.

„Come here, Loverboy!“ – würde ich raunen und mich lasziv auf ihn zubewegen. Langsam, sexy und so sinnlich, dass ein Knistern in der Luft läge …

„Baby …“, sang ich leise und lehnte mich rückwärts gegen den Türpfosten in der Küche. „Ohh, Baby …“ Ich strich mir über die Taille, wie Marc es tun würde, und wand meine Hüften unter seiner imaginären Berührung. „„… my sweet Baby, you're the one!“

Mit einem Keuchen öffnete ich die Augen und verdrängte den Gedanken an das, was danach eventuell passieren könnte. Es war die falsche Zeit für eine Sexfantasie, denn wenn ich diesen Traum jemals ausleben wollte, dann musste ich Marc beweisen, wie sinnlich ich sein konnte!

Ich würde diesen Tanzkurs machen – mit oder ohne ihn. Und wenn er dann erst sah, was für eine fantastische Tänzerin ich war, dann … ja, dann würde Catness Stone keine Rolle mehr spielen!

Frances Houseman oder Baby, wie sie im Film jeder nannte, schaffte schließlich auch die Wandlung vom unscheinbaren Entlein zum eleganten Schwan.

Kapitel 7

Etwas unentschlossen stand ich im Eingangsbereich des *Cha-Cha-Cha*. Die Tanzschule hatte schon von außen einen sehr eleganten Eindruck gemacht, aber hier im Foyer spürte ich das noch mehr. Ein roter Teppich führte vom Eingang die Stufen der breiten gewundenen Treppe hinauf. Schwarz-Weiß-Aufnahmen tanzender Paare hingen in silbern glänzenden Rahmen an den Wänden, und von oben waren Musik und leise Stimmen zu hören.

Ein echter Nobelschuppen.

„Ommmm … ich bin eine Gazelle!", machte ich mir Mut und verdrängte das ungute Gefühl, eine Gazelle zu sein, die gerade ins Revier hungriger Löwen spazierte. Das zumindest erklärte meinen Drang, zu fliehen.

Unsicher folgte ich der Musik die Stufen hinauf und spähte vorsichtig durch die Glaseinsätze der mahagonifarbenen Schwingtür.

Ein Paar wirbelte über die Tanzfläche. Jede Bewegung war geschmeidig wie flüssiges Quecksilber, und die Körper schienen auf magische Weise miteinander zu kommunizieren. Es sah aus, als wären sie eins.

Ich presste mich näher an die Scheibe, denn ich wollte mehr davon sehen. Es war der Wahnsinn!

Beinahe erotisch, wie der Mann die Frau dominierte. Er gab ihr die Bewegungen vor. Er gab die Impulse. Er war es, der alles beherrschte. Den Raum, die Musik, die Frau in seinen Armen … und selbst mich. Gebannt folgte ich ihm mit meinem Blick. Er trug eine schwarze, am Po und den Beinen eng anliegende Hose, die zu den Füßen hin weiter wurde. Und ein weißes Hemd, das bis fast zum Bauchnabel offen stand und seine muskulöse Brust betonte.

Mir entfuhr ein Seufzen, und meine Knie zitterten. In einer letzten Drehung zog der Mann seine Partnerin an sich und kam schwer atmend mit ihr zum Stehen. Die Musik endete, und in der plötzlichen Stille kam ich mir vor wie ein Spanner. Schnell richtete ich mich auf und trat so lässig wie nur möglich ein.

Die Tänzerin in ihren sportlichen Leggings und dem weit geschnittenen Shirt nahm ihre Tasche von der silbernen Theke, die sich im hinteren Bereich des Tanzstudios befand, und ging auf die Schwingtür zu. Der Mann hatte sich der Musikanlage zugewandt.

„Du warst gut heute, Silvia. Aber du musst noch mehr an deiner Körperspannung arbeiten“, gab er ihr zum Abschied mit, ehe er sich umwandte und mich bemerkte. Kurz stutzte er, was mir Zeit gab, gleichzeitig einen Hirnschlag und einen Herzinfarkt zu bekommen!

Du meine Güte!

Vor mir stand Robbie Williams! Also nicht der *Swing-Swing-ich-bin-jetzt-Vater-Robbie*!, sondern der scharfe *Ich-reiß-mir-die-Haut-von-den-Knochen-Robbie*!

Heilige Scheiße, ich musste mich bemühen, mich nicht anzupinkeln, so geschockt war ich.

Und nun kam er auch noch mit weichen Schritten und musterndem Blick auf mich zu.

Warum war nie einer da, der mich kniff, wenn ich zu träumen glaubte?

„Hi“, japste ich mehr nach Luft, als dass ich es sagte.

Er griff meine Hand.

„Willkommen im *Cha-Cha-Cha*. Ich bin …“

„Robbie?“

Oh Gott! Hatte ich das echt gesagt? Ich wurde rot und fing zu schwitzen an, denn „Robbie“ rollte genervt mit den Augen.

„Oh nein, ich bin Florian von Haugwald. Aber das höre ich oft.“ Für ein Kompliment schien er den Vergleich nicht zu halten, denn er fuhr sich achtlos durch das nachtschwarze Haar und zuckte gleichgültig mit den Schultern. Und was das für Schultern waren! „Dabei bin ich doch fast zwanzig Zentimeter größer als der Musiker.“ Er zwinkerte. „Und jünger – und schlanker.“

Aha! Er war also Robbie de luxe! Ich verzichtete darauf hinzuzufügen, dass er auch bestimmt die gesündere Leber hätte, denn vielleicht wollte er das ja bei Gelegenheit noch selbst erwähnen. Stattdessen grinste ich ihn wie belämmert an und schüttelte weiter (inzwischen gefühlte zehn Minuten) seine Hand.

„Anna“, gelang es mir, mich zu artikulieren, auch wenn mir momentan mein Nachname nicht mehr einfallen wollte.

Ob Florian von Haugwald so eine Reaktion auf sich gewöhnt war, wusste ich nicht, aber er schien sich zumindest nicht sonderlich zu wundern. Vollkommen lässig geleitete er mich zu der langen Bar und bot mir einen Sitzplatz an. Gott sei Dank, denn meine Knie waren weich wie Butter.

„Nun, Anna … was führt Sie her?“ Er sah auf seine Uhr und verzog leicht genervt die Lippen. Er wirkte ungeduldig, und ich schalt mich eine Idiotin, weil ich nicht einfach angerufen hatte.

„Ich … also … es ist so: Meine Schwester heiratet und …“

Der Tanzlehrer hob spöttisch den Mundwinkel und neigte sich zu mir rüber.

„Lassen Sie mich raten, Anna.“ Sein Blick glitt überheblich über meine Figur, und ich zupfte mir verlegen das Shirt über den Bauch. „Sie sind zeit Ihres Lebens neidisch auf Ihre Schwester, die vermutlich hübscher, erfolgreicher und … und sicher auch schlanker ist als Sie. Nun heiratet diese Schwester auch noch – vor Ihnen, nehme ich an. Und, um sich nicht noch mehr zu blamieren, als Sie es ohnehin tun würden, wollen Sie jetzt mal auf die Schnelle einen Tanzkurs belegen, der darüber hinwegtäuschen soll, dass Sie in jeder anderen Beziehung unzulänglich sind. Trifft es das in etwa?“

Mein Mund stand offen. Ich spürte es, aber ich schaffte es nicht, ihn zu schließen.

„So eine … Unverschämtheit!“, presste ich schockiert heraus. „Das ist ja wohl eine Fre…“

Er wandte sich ab und zuckte wieder mit den Schultern. „Ihre Reaktion zeigt mir, dass ich recht habe. Sie können sich gern selbst belügen, aber wenn Sie hierherkommen und meine Zeit vergeuden, dann sollten Sie ehrlich sein. Zu mir – und zu sich selbst.“

Ich sprang ziemlich ungelenk vom Barhocker und

drückte die Brust raus. Meine Zähne schmerzten, so fest presste ich sie vor Wut aufeinander.

„Was bilden Sie sich eigentlich ein? Ich wollte nur einen Tanzkurs machen!"

Ich wusste nicht, warum ich mich nicht einfach umdrehte und ging. Dieser Typ hatte ja wohl den Arsch offen! So eine Frechheit! Und doch … ich wollte nicht sagen, dass er recht hatte, denn ich war ja wohl auf Marie kein bisschen neidisch und erst recht kein bisschen unzulänglich, aber irgendwie … fühlte ich mich getroffen. Verwundet wie die Gazelle, die gedacht hatte, mit Löwen mithalten zu können.

Florian schlenderte zur Musikanlage hinüber und schaltete sie an. Er drehte die Lautstärke hoch und ging in der Mitte der Tanzfläche in Position. Sein gestreckter Arm zeigte auf mich, und er winkte mich mit dem Finger zu sich.

„Was ich mir einbilde? Ich bilde mir ein, zu gut zu sein, um mich mit Amöben des Tanzsports auseinandersetzen zu müssen. Ich bilde mir ein, aus purer Leidenschaft zu tanzen. Ich bilde mir ein, der Einzige zu sein, der aus Ihnen einen vernünftigen Tanzschritt herausholen kann. Und genau deshalb brauchen Sie von mir keine Schmeicheleien zu erwarten. Wenn Sie tanzen wollen – auf der Hochzeit Ihrer Schwester … und wenn Sie es dort allen beweisen wollen – dann beweisen Sie es erst mal mir. Beweisen Sie, dass Sie Feuer haben – oder gehen Sie!"

Sein Blick brannte auf mir, und ich fühlte mich fett, ungelenk und verspottet. Aber ans Gehen dachte ich im Traum nicht.

Ich hatte schon anderes getan, um meine Ziele zu erreichen, meine Träume zu leben!

„Feuer?", fragte ich ihn daher aggressiv und schleuderte meine Handtasche auf den Tresen. „Sie eingebildeter Lackaffe wollen wissen, ob ich Feuer habe?" Ich stapfte auf ihn zu. „Ich habe zu Hause auf meiner Fensterbank einen Penis, der dreimal so groß ist wie Ihrer, also spielen Sie sich hier mal nicht so auf! Und wenn Sie denken, Sie könnten mir mit Ihren groben Worten wehtun, dann haben Sie sich geschnitten. Ich kenne echte Schmerzen, denn ich bin Pfannenwender-erprobt."

Nun stand ich vor ihm. Nur noch wenige Zentimeter trennten uns, und mit jedem zornigen Wort hob und senkte sich meine Brust. Wir atmeten den Atem des anderen, und meine Nackenhärchen richteten sich auf, so greifbar war die Spannung in der Luft.

„Ich verstehe kein Wort von dem, was du sagst", raunte er und packte mich um die Taille. „Aber Feuer hast du."

Seine Augen schienen mich auszusaugen, und ich musste mich zwingen, den Blick nicht zu senken.

„Und was nun?", fragte ich, meine neu aufkeimende Unsicherheit verdrängend, die seine Nähe in mir weckte. Die Gazelle hatte Angst. Der Löwe hatte seine Zähne gezeigt. Adrenalin rauschte durch mein Blut.

Er beugte mich nach hinten über seinen Arm, sodass ich mich ängstlich an seine Schultern klammerte, damit ich mir nicht das Kreuz brach.

„Ich werde dir wehtun", flüsterte er drohend. „Willst du das?"

Was für eine Frage! Hätte ich – wie die Heldin aus

meiner Lieblingserotikromanreihe – eine innere Göttin, sie hätte jubiliert!

„Ja, bitte!“, flehte ich heiser.

Kapitel 8

Schmerz. Ich bestand aus Schmerz. Selbst das Heben meiner Augenlider verursachte mir Schmerzen. Seit acht Tagen trainierte ich jeden Tag nach der Arbeit mit Florian von Haugwald. Flo – wie ich meinen Folterknecht nennen durfte – hatte sein Versprechen gehalten und mir richtig wehgetan. Ich konnte kaum glauben, wozu mein Körper in der Lage war, wenn man mich zwang, ihn zu benutzen. Flo hatte mir ein strenges Fitnessprogramm aufgezwungen, denn ohne Körperspannung – und er behauptete, dass ich wirklich überhaupt keine hätte – würde ich nie tanzen können.

Pah! Und ich hatte gedacht, ich würde mir einfach wie Jennifer Grey meinen Slip *über* die Nylonstrumpfhose ziehen und das Shirt unter der Brust abschneiden müssen und schon würde ich mich in eine begnadete Tänzerin verwandeln.

Ich hob den Arm, um mir die Augen zu reiben, und zuckte gequält zusammen.

„Scheiße!“ Mir tat echt alles weh! Zum Glück war Samstag und ich musste meinen verkrampften Körper nicht in die Kanzlei, sondern nur an den Frühstückstisch schleppen.

Mühsam und stöhnend rappelte ich mich auf. Ich fühlte mich, als hätte mich jemand verhauen. Und anders als in so mancher meiner erotischen Fantasien fühlte sich das überhaupt nicht gut an.

Weil ich mich unmöglich zu meinen Füßen hinunterbücken konnte, um mich anzuziehen, beschloss ich den Tag, im Pyjama zu beginnen. An einem Samstag war das ja legitim. Ich schlurfte also ins Bad, wusch mich und bürstete meine Locken. Sie hingen mir so schlaff ums Gesicht, wie sich der ganze Rest meines Körpers anfühlte, und ich gestattete ihnen gnädigerweise (und weil ich meine Arme nicht heben konnte) einen faulen Tag. Vielleicht würde mir ja ein Frühstück neue Kraft verleihen. Denn ich brauchte Kraft. Florian erwartete mich am Nachmittag.

Ich war so in meinem Schmerz gefangen, dass ich die Stimmen aus der Küche überhaupt nicht registrierte. Daher zuckte ich überrascht zusammen, als ich mich Marc und Cat gegenübersah.

„Was …?“, stammelte ich und ließ meinen Blick über die Eier auf ihren Tellern wandern. Das waren meine Eier! Marc machte nur mir Eier! Das war unser Ding!

„Morgen, Anna.“

Er lächelte mich kurz an, aber ich spürte, dass immer noch etwas zwischen uns stand. Vermutlich die langbeinige Britin, die mich und meinen Pyjama mitleidig musterte. Aber was soll’s – ich hatte ihm ja auch noch lange nicht vergeben, dass er mich für einen Trampel hielt.

„Morgen!“, gab ich kühl zurück und bedachte das Katzenweib mit einem eisigen Blick. „Lange Nacht gehabt?“, fragte ich bissig, denn ich musste einfach wissen, ob diese Tussi die Nacht hier verbracht hatte. Ohne mein Wissen – in Marcs Zimmer …

Oh Gott, ich musste an etwas anderes denken!

Schmerz! Schmerz! Ja, mir tat alles weh … Catness, wie sie sich auf Marcs Laken wand … schwarze Spitzenunterwäsche und ihre Zunge, die verführerisch über ihre knallroten Lippen glitt … Shit! Nicht mal meine Schmerzen schafften es, die schrecklichen Bilder zu vertreiben.

Ich schleppte mich möglichst gleichgültig zum Kühlschrank, griff nach dem fettarmen Joghurt und wartete noch immer auf eine Antwort, als sich Marcs Arme von hinten um mich schlossen.

„Die Nacht war lang und einsam. Warum bist du nicht in mein Bett gekommen?“, flüsterte er mir ins Ohr und rieb seine stoppelige Wange an meiner.

„Ich wusste doch nicht mal, dass du zu Hause bist“, gab ich schroff zurück.

„Cat ist gerade erst gekommen. Wir haben gestern früher Schluss gemacht. Ich wollte mit dir reden, denn wir haben uns in den letzten Tagen ja nie zu Gesicht bekommen. Und dann war ich wohl so fertig, dass ich eingeschlafen bin, ehe du nach Hause kamst“, murmelte er, und ich schmiegte mich automatisch an ihn.

Ich wollte nicht mit ihm streiten. Und dass er mich so im Arm hielt, obwohl Catness uns sehen konnte, gefiel mir. Ich streckte ihr den imaginären Stinkefinger entgegen und grinste in mich hinein.

„Wo warst du in den letzten Tagen?“, fragte Marc und biss mich ins Ohrläppchen.

Hörte ich da Eifersucht? Mein Herz machte einen Hopser – nicht zu hoch, denn auch da hatte ich

Muskelkater.

„Ich … ich mache einen Tanzkurs“, gab ich leicht schnippisch zurück, denn am liebsten hätte ich das für mich behalten. „Aber keine Sorge, Marc, ich zwinge dich nicht, auch ein paar Schritte zu lernen – nicht, dass ich dir noch die Füße platt trete.“

„Marc? Sorry, but we should … wir sollten dann mal langsam …“, unterbrach uns Catness mit britischem Akzent und leichter Ungeduld in der Stimme.

„Sicher …“ Er drehte mich in seinen Armen um und küsste mich auf die Nasenspitze. „Ich muss los, Anna. Aber … aber heute Abend … da müssen wir reden.“

Als er gegangen war, hielt ich den Joghurtbecher fest, als könnte er mir Marc zurückbringen. Ich war wirklich glücklich mit ihm – doch nun hatte ich Angst, ihn an dieses Weibsstück zu verlieren.

Ich musste mir etwas einfallen lassen! „Heute Abend“, hatte er gesagt … na gut. Dann heute Abend!

„Du bringst mich um!“, schrie ich verzweifelt, als Flo die Bänder in meinen Oberschenkeln dehnte, bis ich glaubte zu zerreißen.

Ich lag auf der Turnmatte und bekam keine Luft mehr. Langsam ließ Flo mein Bein los und beugte sich über mich. Er berührte mich fast, und seine Augen brannten sich in meine. Es war einfach unglaublich, wie gut er aussah! Und wie nah er mir kam. Obwohl ich an nichts anderes denken konnte, als an Marcs Lippen auf meinem Nacken heute Morgen, kam ich nicht umhin, Flo scharf zu finden. Er war so männlich. So pur und rücksichtslos.

„Du hast gesagt, du willst es“, erinnerte er mich, und seine Lippen streiften fast mein Gesicht. „Willst du es, Anna? Oder gibst du auf?“

Er machte eins auf Christian Grey, und ich sprang voll drauf an.

„Ich will es“, flüsterte ich erregt. Erregt von diesem großkotzigen, selbstverliebten Sadisten, der es genoss, wenn ich mich schwach fühlte. Und dabei fühlte ich mich doch schon gar nicht mehr so schwach. Immerhin hatte ich die letzten Tage überlebt.

Flo grinste gefährlich und zog mich von der Matte hoch an seine Brust. Seine Hand lag auf meiner Taille, und er sah mir ins Gesicht. Hungrig, als wollte er mich zerfleischen.

„Dann los!“

Er nahm seine Tanzhaltung ein, und ich versuchte krampfhaft, mich an die Schrittfolge zu erinnern, die er mir gestern gezeigt hatte. Seine Finger auf meinem Rücken machten es mir nicht leichter, und in seinem Blick lag eine Herausforderung. Er spürte meine Unsicherheit.

„Eins, zwei – tap, eins, zwei – tap“, zählte er den Takt der Musik mit, und ich versuchte, mich seiner Führung zu überlassen. Zwei Schritte nach hinten, antippen und wieder vor. Ich schaffte es, ihm dabei nur einmal am Anfang auf den Fuß zu treten und dann nur noch am Oberkörper gegen ihn zu prallen. Das entlockte ihm ein Grinsen, und er gab seine korrekte Kopfhaltung auf, um mir auf den Busen zu glotzen.

Wenn mich das irritieren sollte, dann war sein Plan aufgegangen, denn ich kam aus dem Takt und stolperte ihm in die Arme.

„Sorry", versuchte ich, von ihm wegzukommen, aber er hielt mich fest.

„Du bist der erste Mensch, der mir je begegnet ist, der überhaupt – also ich meine wirklich *überhaupt* kein Taktgefühl besitzt", erklärte er und gab mich langsam frei. „Ich fürchte ja, das wird ein hartes Stück Arbeit."

„So hart kann es nicht sein, wenn du noch Zeit findest, mir auf den Busen zu glotzen!"

Er lachte und schüttelte den Kopf.

„Ich hab nicht auf deinen Busen geschaut – obwohl der ziemlich gut ist. Ich hab dein furchtbares Schuhwerk betrachtet."

Ich sah mir meine Sneakers an. Die waren doch okay zum Üben.

„Ich will mir nicht schon jetzt auf den Stöckelschuhen die Beine brechen", rechtfertigte ich mich. „Ich kann auf Absätzen nicht mal gehen – geschweige denn tanzen."

„Anna, du kannst auch in Turnschuhen kein bisschen tanzen. Du kannst dich also genauso gut gleich an das passende Schuhwerk gewöhnen. Deine Haltung wäre besser."

Er umfasste noch einmal meine Taille und fuhr mit der Hand über meine Rippen nach oben.

„Hier wärst du gestreckter. Gerader. Das wäre … weiblicher. Verführerischer …"

Ich hielt den Atem an. Als ich jünger war, hatte ich davon geträumt, mit Robbie Williams ins Bett zu steigen, und auch wenn ich inzwischen sämtlichen „Take That"-Postern abgeschworen hatte, reagierte ich auf Flos Berührung wie der hormongesteuerte Teenie von damals. Meine Brustwarzen wurden hart, und er bemerkte es, denn er hielt mich einen Moment länger fest als nötig. Und diesmal starrte er mir wirklich auf den Busen.

„Ich sehe, du verstehst", murmelte er viel zu nahe an meinem Ohr.

Ich drohte zu verglühen. Wie eine Motte, die der Kerzenflamme zu nahe kam. Zitternd atmete ich aus und trat einen Schritt zurück. Ich musste mich nicht daran erinnern, einen Freund zu haben, denn mein Gewissen veranstaltete ohnehin schon einen Aufstand. Dabei konnte ich doch nichts dafür! Ich wollte ja nicht, dass Flos Berührung so derart auf meiner Haut kribbelte. Ich wollte auch nicht, dass mein Puls sich beschleunigte, sobald er mich mit seinem herablassenden Blick bedachte.

Als ich verlegen die Tanzfläche verlassen wollte, um mir den Schweiß aus dem Nacken zu trocknen, kam Flo mir nach.

„Hast du schon genug?"

Ich beschwor meine Brustwarzen, sich jetzt mal am Riemen zu reißen, und wandte mich wieder zu ihm um.

Wie ein Rockstar, der gerade ein ganzes Stadion in Euphorie versetzt hatte, stand er da. Breitbeinig, siegessicher und vom Scheitel bis zur Sohle reinste Verlockung.

„Ich dachte, wir sind für heute fertig", gab ich scheu

zurück und sah auf die Uhr. Marc war bestimmt schon zu Hause und wartete auf mich.

„Wir sind noch lange nicht fertig, Anna. Noch lange nicht."

Er griff meine Hand und führte mich zurück in die Mitte der Tanzfläche. Kurz zögerte ich, ihm zu folgen, aber die Hochzeit rückte immer näher, und ich war noch weit davon entfernt, auf dem Parkett eine gute Figur zu machen. Also gab ich nach und nahm die von ihm vorgegebene Tanzhaltung ein.

„Was tanzen wir?"

„Mambo. Denn du musst lockerer in der Hüfte werden. Erinnerst du dich an die Schrittfolge?"

Oh Gott! Gestern hatte er mir unzählige Schritte gezeigt. Ich war nicht sicher, ob ich das noch zusammenbrachte.

„Du musst zurück, am Platz schließen – und vor, am Platz schließen", erinnerte er mich ungeduldig, ehe er den ersten Schritt auf mich zukam. Es fiel mir schwer, mich auf meine Füße zu konzentrieren, denn sein Hemd stand wie immer offen, und ich war durch den Anblick seiner glatten, muskulösen Brust abgelenkt.

„Anna! Du musst die Vor- und Zurückbewegung schneller machen, dafür am Platz langsamer. Ich zähle mal deinen Schritt: rück, zwei, drei, vier und vor, sechs, sieben, acht."

Ich gab mir Mühe und hatte den Eindruck, es schließlich ganz gut hinzubekommen. Selbst Flo schien zufrieden, denn er zählte nur leise, ohne mich wie üblich zurechtzuweisen. Wir arbeiteten eine ganze Weile an den Variationen des Grundschritts, und schließlich hob Flo die

Hände und ließ sie zufrieden wieder fallen.

„Na also! Wenn du jetzt noch den Schwung deiner Hüfte etwas geschmeidiger hinbekommst, dann war der Abend nicht ganz verloren."

Nicht ganz verloren!! Hallo? Ich hatte Riesenfortschritte gemacht! Gerade wollte ich ihn darauf hinweisen, als er mir die Hände auf die Hüften legte und mir eine kreisende Bewegung vorgab.

„Und noch mal. Rück, zwei, drei, vier und vor, sechs, sieben, acht."

Ich tat, was er verlangte, und meine Beine gaben automatisch seinem Drängen und seiner Führung nach. Er schob seine Hand unter mein Shirt und umfasste meine Taille. Ich schämte mich für die Speckröllchen und war wieder einmal froh, dass ich in den letzten Wochen etwas abgenommen hatte.

„Fühlst du es, Anna?" Er sah mir tief in die Augen.

Es fühlen? Was meinte er? Ich war scharf – das war alles! Aber ich war nicht scharf auf ihn – es war vielmehr so erregend, dass er mir zeigte, was ich sein könnte. Wenn ich erst den Schwung meiner Hüften hinbekommen würde …

Ich fühlte mich sexy, wie er so seine Finger gespreizt an meiner Taille verweilen ließ. Wie er mein Becken kreiste, wie er mich ansah …

Plötzlich ließ er mich los und strich sich das schwarze Haar zurück.

„Genug jetzt", murmelte er heiser und ging schnellen Schrittes zur Musikanlage. „Komm am Montag in vernünftigen Schuhen – oder gar nicht!"

Was? Ich taumelte noch irgendwo zwischen meinen

erotischen Empfindungen und der Realität, denn sein Rückzug war überraschend gekommen. Beinahe fehlte er mir. Aber nur beinahe, denn jetzt konnte ich endlich zu Marc gehen.

Beschwingt und mit einem leicht erregten Kribbeln im Bauch machte ich mich auf dem Heimweg. Wenn ich so weitermachte, dann konnte ich wirklich meinen Job in der Kanzlei aufgeben und vielleicht Schweißerin werden – und nachts in Bars tanzen …

Mit meinem Hüftschwung würde ich den Typen die Scheine nur so aus der Tasche ziehen! Vielleicht war das einer Modelkarriere sogar vorzuziehen, weil ich dafür nicht nach Paris müsste. Schließlich mochte ich keine Schnecken und erst recht keine Froschschenkel …

Kapitel 9

Frustriert blickte ich auf den Zettel in meinen Händen.

„Musste weg – ein Notfall im Büro. Sehen uns später."

Na toll! Während des ganzen Heimwegs hatte ich mir die verruchtesten Dinge ausgemalt, die Marc und ich zur Versöhnung miteinander treiben konnten – und nun war er nicht da. Und noch viel schlimmer: Er war schon wieder bei dieser Cat! Was war das wohl für ein Notfall? War sie vielleicht untervögelt? Vielleicht sollte ich ihr als kleines Willkommensgeschenk den lila Dildo überlassen. Dann würde sie womöglich die Finger von Marc lassen. Und wenn ich großes Glück hatte, würde das taiwanesische Sexspielzeug ihr einen Stromschlag versetzen, der ihr die Schamhaare ankokeln würde.

Ich legte das Blatt zurück auf den Küchentisch und griff mir eine Packung Schokodrops aus dem Süßigkeitenregal. Flo würde das ganz und gar nicht gefallen, aber entweder bekämpfte ich meinen Frust jetzt sofort mit Schokolade oder ich würde noch selbst zum Riesenvibrator greifen. Vielleicht würde ich sogar in einem akuten Anfall von Einsamkeit Harald anrufen …

Um das zu verhindern, kippte ich mir vorsorglich eine ganze Ladung Drops in den Mund. Einer nach dem andern schmolz mir auf der Zunge, während ich meinen Schuhschrank nach passenden Tanzschuhen durchsuchte.

Ganz hinten sah ich etwas glitzern: ein Paar silberne, hochhackige Sandaletten mit Riemchen.

Die hatte ich aber unter Garantie nicht gekauft. Vielleicht hatte ja meine ehemalige Mitbewohnerin die hier vergessen. Ich drehte sie um. Größe 38 – das würde passen.

Cool! Ich würde darin aussehen wie Baby in „Dirty Dancing"! Ich wäre ohnehin die perfekte Besetzung für diese Rolle gewesen – wenn sie den Streifen doch nur etwas später gedreht hätten …

„Mein Baby gehört zu mir!", murmelte ich im Johnny Castle Style vor mich hin und zwängte meine Füße in die Stöckelschuhe. Ich trippelte vorsichtig – so, als hätte ich Angst, auf eine Landmine zu treten – in mein Zimmer vor den Spiegel. Was ich sah, war gar nicht schlecht. Nur halten konnte ich mich in den Tretern kaum.

Möglichst lasziv versuchte ich, mit den Hüften zu wackeln und die heute erlernten Tanzschritte nachzumachen. Naja – was soll ich sagen: Ich war eine Tanzgöttin! Eine Sexgöttin und eine Tanzgöttin, verbesserte ich mich. Und Marc würde staunen, wenn ihm das bewusst werden würde!

Voll neuem Elan (und nicht bereit, ihn so einfach an Catwoman abzutreten) riss ich meinen Kleiderschrank auf und wühlte mich durch die Shirts, bis ich fand, was ich suchte. Ein graues, bauchfreies Shirt, das ich in den letzten fünfzehn Jahren nicht mehr getragen hatte. Ich und bauchfrei – das war ein waghalsiges Experiment!

Dazu eine schwarze Nylonstrumpfhose und schwarze Jazzpants darüber. Verführerisch hob ich die Arme, strich mir lasziv die Haare aus dem Gesicht und trällerte:

„Hungry eyes …“

Marc würde unseren doofen Streit vergessen und sich auf mich stürzen!

Zufrieden mit meinem Marc-Rückgewinnungsplan à la „Dirty Dancing“ warf ich mich im Wohnzimmer aufs Sofa (denn stehen war in den Schuhen echt nicht so toll) und wartete auf seine Rückkehr. Ich legte die Beine auf die Sofalehne, damit die silbernen Pumps gut in Szene gesetzt waren. Das sah toll aus! Na gut, je länger ich so lag, umso mehr schliefen mir die Füße ein, aber das war ein geringer Preis für den unvergleichlichen Sex, den ich gleich haben würde.

Gleich …

Ich schrak aus dem Schlaf auf, als ich Schritte im Treppenhaus hörte.

Marc!

Ohne Gefühl in den Beinen versuchte ich, meine *Wir-haben-jetzt-gleich-den-tollsten-Sex-aller-Zeiten-Position* einzunehmen. Ich bog den Rücken durch, drückte die Brust raus und warf den Kopf über die Armlehne des Sofas weit in den Nacken.

Die Wohnungstür ging auf, und ich zitterte vor ungeduldiger Erwartung.

„Kommen Sie doch rein“, hörte ich Marc sagen und erstarrte.

Reinkommen? *Sie*? Wer zum Teufel waren *Sie*?

Erst jetzt bemerkte ich, dass es schon morgens war.

„Wir waren gerade in der Gegend, und es gibt ja noch so viel wegen der Hochzeit zu besprechen, dass wir dachten …“

Mutter! Shit!

Ich rollte mich zur Seite, damit sie meine über die Sofalehne gespreizten Beine nicht sehen würde, und verlor das Gleichgewicht. Ich knallte auf den Boden. Mein Kopf schlug gegen den Couchtisch, und der Aufprall trieb mir die Luft aus den Lungen. Ein pfeifendes Japsen entstieg meiner Kehle.

„Anna?“, vernahm ich die ungläubige Stimme meines Vaters.

„Was …?“ Marc kam ums Sofa, meine Eltern im Schlepptau, während ich mich hektisch aufrappelte. Aber mit eingeschlafenen Beinen und Schuhen, für die man einen Waffenschein benötigte, war das keine leichte Übung, also blieb ich im Vierfüßlerstand zwischen Sofa und Couchtisch knien und versuchte mich an einem unverbindlichen Lächeln.

„Hi.“ Ich wollte sterben, denn, obwohl Aufregung herrschte, hörte ich, wie meine Strumpfhose am Hintern aufplatzte.

„Was machst du denn da, Kind?“, fragte meine Mutter schrill und schüttelte den Kopf.

„Ich … ich …“

Im Geiste schrie ich „Maaaaaarrrrc! Rette mich!!“ – aber er stand nur grinsend da und zwinkerte mir amüsiert zu. Dieser Arsch!!

„Ich …“ Los, Anna, streng dich an! Finde eine Erklärung! „Ich … suche etwas“, stammelte ich.

Das war gut! Das war sogar sehr gut! Und logisch! Und … und jetzt wäre es hilfreich, wenn ich nicht noch länger im Doggy Style vor meinem Vater knien würde.

„Was suchst du denn?", fragte Marc und schien sich köstlich zu amüsieren. Genau genommen hatte ich ihn seit Tagen nicht mehr so gut gelaunt gesehen.

„Ähmm … ich … suche Schokolade. Wir haben keine mehr, und ich dachte … ich meine … ihr kennt mich ja."

Ich arbeitete mich auf die Beine hoch und versuchte, das bauchfreie Shirt durch Zupfen zu verlängern. „Ich bin eben … hungrig."

„Hungrig? Du hast dich nicht unter Kontrolle, wenn du schon Süßkram vom Boden essen würdest!", schimpfte meine Mutter, während Papa mit unergründlichem Blick meine Aufmachung musterte. Er sah von mir zu Marc und wieder zurück.

Er wusste genau, was hier los war. Der *Mein-kleines-Mädchen-Blick* in seinen Augen erlosch, und ich fürchtete, dass er nie mehr zurückkehren würde. Vermutlich hielt er mich für ein verdorbenes Flittchen. Ich musste das irgendwie abwenden, denn er war der Einzige, der mir beistand, wenn Mama und Marie über mich herzogen.

„Und was hast du da überhaupt an?", schimpfte Mutter weiter und zupfte am Saum meines Shirts.

„Das … also, das … das sind meine Sportklamotten. Ich wollte gerade … joggen gehen", log ich und straffte selbstbewusst die Schultern.

„Joggen? In den Schuhen?"

Ups – die Schuhe …

„Ja, ähh … nein, natürlich nicht! Die Schuhe … sind mir gerade ins Auge gefallen, als ich meine Turnschuhe anziehen wollte. Ich dachte, ich probiere sie gleich mal, denn ich wollte sie auf der Hochzeit tragen."

Ich fand, ich hatte mich ganz gut gerettet, und, um endlich aus der Deckung zu kommen, ging ich zum Angriff über.

„Und was macht ihr hier?"

„Wir wollten gerade klingeln, als wir Marc kommen sahen. Deine Mutter wollte dir nur sagen, dass morgen die Anprobe der Brautjungfernkleider ansteht." Mein Vater sah mich enttäuscht an. „Wir wollten euch nicht … stören."

Marc klopfte meinem Vater kumpelhaft auf den Rücken und warf mir meine Turnschuhe zu.

„Keine Sorge, Sie stören nicht. Vielleicht sollten wir Anna jetzt ihre Runde joggen gehen lassen, während ich Ihnen einen Kaffee mache."

Ich riss die Augen auf und sah Marc erschrocken an. Das war doch wohl nicht sein Ernst!

„Sehr gute Idee. Anna hat etwas Bewegung wirklich nötig!", stimmte Mama sofort zu.

„Aber …"

„Kein Aber, Anna. Wir wollen dich nicht von deinem Sportprogramm abhalten. Geh nur."

Da ich Papas Blick auf mir ruhen fühlte, gab ich nach und wechselte die Schuhe. Mir war zwar meine aufgeplatzte Hose nur zu deutlich bewusst, aber wenn er meine Geschichte glauben sollte, dann musste ich das jetzt durchziehen.

Marc begleitete mich zur Tür und neigte sich zu mir, um mir ins Ohr zu flüstern: „Du siehst verdammt scharf aus, Annalein. Wie schade nur, dass du jetzt joggen gehst.

Ansonsten hätte ich deine Eltern hinausgeworfen und …“

„Halt die Klappe, Marc! Das ist alles deine Schuld! Und ich hasse dich, weil du mich zwingst, so auf die Straße zu gehen!“

Er lachte und schob mich durch die Tür.

„Vielleicht läufst du ja heute nur die kleine Runde, damit du deinen Eltern und mir noch etwas Gesellschaft leisten kannst.“

Ich schlich durchs Treppenhaus nach unten, damit ich ja niemandem auffiel, und floh durch die Haustür in den kleinen Vorgarten. Der war kaum der Rede wert, aber einige Fichten (oder waren es Tannen?) standen in dichten Gruppen beisammen und bildeten einen grünen Rahmen vor der ansonsten schmucklosen Fassade.

Da ich nicht vorhatte, mich in dem Aufzug auf der Straße blicken zu lassen, beschloss ich, mich einfach für ein paar Minuten hinter den Bäumen zu verstecken und dann mit gespielter Atemlosigkeit wieder nach oben zu schleichen. Das musste reichen!

Wieder einmal gratulierte ich mir zu meiner Genialität.

Die ersten fünf Minuten hatte ich schon geschafft, als die Haustür geöffnet wurde und der Mieter aus dem zweiten Stock mit seinem Hund herauskam. Hasso rannte sofort laut bellend bis vor an die Straße, wo er den vorbeifahrenden Autos nachbellte. Sein Herrchen beobachtete das gelangweilt von seinem Posten neben der Tür aus, wo er sich eine Zigarette rollte. Der Typ hatte schon vor mir hier gewohnt, aber ich hatte noch nie ein Wort mit ihm gewechselt. Während sein Hund, wann immer ich ihn sah, versuchte, irgendetwas zu begatten, erinnerte mich das Herrchen an Mitglieder von Terrorgruppen (war wahrscheinlich ein Klischee, aber ich kam nicht dagegen an). Er schaute immer so verschlagen und ging unnatürlich gebückt für einen Mann mittleren Alters. Vermutlich zog ihn der unter seiner Kleidung versteckte Sprengstoffgürtel nach vorne …

Weil ich keine Lust hatte, in ein Gespräch mit dem *Stock zwei-Al Qaida* verwickelt zu werden, kroch ich noch tiefer in die Nadelbaumwedel.

Meine Tarnung war gut, aber nicht gut genug für Hasso. Vermutlich roch der Köter meinen Angstschweiß, denn er kam, die Nase tief auf dem Boden, in meine Richtung gestromert.

„Gscht! Geh weg!“, flüsterte ich dem Mischlingshund zu, denn der rückte mir unangenehm auf die Pelle. Ich hatte echt Angst um die Jungfräulichkeit meiner Kniescheiben, als Hasso seine Vorderpfoten auf meine Oberschenkel stemmte und dabei wild mit dem Schwanz wedelte.

Irgendwie erinnerte mich das an Harald …

„Sei ein liebes Hundchen“, versuchte ich, den brünstigen Hund von mir zu schieben, als er mit heraushängender Zunge zu hecheln begann.

Obwohl ich in den letzten Monaten mutig und kühn

geworden war, war es doch schwer zu verkraften, dass ich gerade von einem Zwergpinscher sexuell missbraucht wurde.

Den restlichen Tag verbrachte ich traumatisiert im Bad, wo ich versuchte, die Schande von meinem Knie zu schrubben.

Kapitel 10

„Und? Wie findet ihr es?", schallte Maries euphorische Frage durch die Ankleidekabinen der Brautmoden-Boutique.

Ich zögerte, denn mir fehlten die Worte. Wie sollte ich auch diesen modischen Verkehrsunfall beschreiben, ohne die Worte „grässlich", „abscheulich" oder „katastrophal" zu verwenden?

„Ich wünschte, ich wäre tot", murmelte ich meinem leidenden Spiegelbild zu.

„Was sagst du?", hakte Marie nach und riss den glänzenden Vorhang beiseite.

Im grellen Licht, das nun in meine Kabine fiel, wirkte ich noch blasser. Marie sah mich erwartungsvoll an, und ich zuckte hilflos mit den Schultern.

„Ich habe gesagt: Ich wünschte, es wäre nicht so rot." Ich drehte mich seitlich und das grellrote Kleid bauschte sich wie eine überdimensionale Rosenblüte um meine Hüften. Ich sah dreimal so dick aus wie sonst. Irgendwie musste ich diese Katastrophe abwenden!

„Ich habe mal gehört, dass rote Kleider gelbe Zähne machen", versuchte ich es auf die „Ich finde es ja toll, aber denk an die Zähne!"-Tour.

„Unsinn!", rief Julie und drängelte sich ebenfalls in meine Kabine. Julie war Maries Freundin und so zierlich wie ein Pflanzenstengel. Nicht zu glauben, dass dieser grazile Körper schon ein Kind ausgetragen hatte. Und noch viel weniger zu glauben war, dass wir tatsächlich das gleiche Kleid trugen. An ihr sah diese rote Tüllbombe wundervoll aus.

„Nur roter Lippenstift macht gelbe Zähne – und auch nur, wenn man gelbe Zähne hat!", tat sie meinen Einwand ab und drehte sich tänzerisch vor dem Spiegel. Das Kleid betonte ihre olivbraune Haut, ihr dunkles Haar und ihre meterlangen Beine, wohingegen es mich regelrecht auffraß. Mein blondes Haar sah farblos aus und meine Haut wie die wächserne Hülle einer Leiche. Selbst das Fleischkleid von Lady Gaga hätte mir besser gestanden als das!

„Jetzt mal im Ernst, Marie – warum rot? Warum nicht irgendwas …" Ich suchte im Geiste nach Farben, die sowohl ihr als auch mir gefallen könnten, und landete zu meiner eigenen Überraschung bei „… irgendwas mit Fuchsia? Oder Zartrosa?" Oder eben irgendeine Farbe, die nicht danach aussah, als würde sich eimerweise Blut über einen Berg von Tüll ergießen, fügte ich in Gedanken hinzu.

Marie lachte kurz auf, als hätte ich einen Scherz gemacht.

„Ach je, Anna! Das sind doch Jungmädchen-Farben. In unserem Alter sind wir doch Frau genug, auch kräftige Töne zu tragen. Rot ist *die* Farbe der Liebe! Ich will keine dezente Hochzeit. Ich will Aufmerksamkeit!"

Damit rauschten sie und Julie plappernd aus meiner Kabine, und nur der wehende Vorhang deutete darauf hin, dass sie sich überhaupt die Mühe gemacht hatten, nach meiner Meinung zu fragen.

„Ich will Aufmerksamkeit", äffte ich sie wütend nach

und schlug frustriert auf den Tüllbatzen um meine Hüfte ein. „Na, da wäre ja bei diesem ganzen Zirkus nie einer draufgekommen!"

Während ich mich abmühte, aus diesem Monstrum von Kleid wieder herauszukommen, riss Vincent – Julies missratener Achtjähriger – zum wiederholten Male den Vorhang beiseite und gaffte mich an.

Dieser Vollpfosten!

„Lass das!", fauchte ich durch zusammengepresste Zähne so leise, dass ich hoffte, Marie und ihre Busenfreundinnen würden es nicht hören.

„Oder was?", fragte Vincent frech und hob den Vorhang noch weiter.

Die Mitarbeiterin der Brautboutique schaute schon zu uns rüber. Ich lächelte überzogen freundlich durch den Laden, während ich mir den Burschen vorknöpfte. Am Kragen seines Fußballtrikots zog ich ihn in meine Kabine und baute mich drohend vor ihm auf.

„Lass das, oder ich sag deiner Mutter, dass dir einer abgeht, wenn du ihre Freundinnen beobachtest, du kranker Spanner!"

Na also! Ich klang ja wohl eindeutig gefährlich – aber warum grinste diese Rotznase dann nur und zeigte kein Anzeichen von Furcht?

„Echt?", kam er mir frech und zückte sein Handy. „Dann lude ich dieses Foto von dir bei Facebook hoch", gab er großmäulig zurück und hielt mir das Display hin.

Darauf war ich zu sehen, wie ich mir gerade das Kleid über den Kopf zog. Mein Schlüpfer schaute raus, und die rote Tüllwolke ließ mich wie ein Lavaball wirken, der drohte, eine ganze Stadt zu zerstören.

„Das tust du nicht!“, warnte ich ihn und trat einen Schritt auf ihn zu, aber er lachte nur frech und rannte zu seiner Mutter.

Frustriert zerrte ich den Vorhang an seinen Platz und ballte die Hände zu Fäusten. Diesem Knilch gehörten die Leviten gelesen! Der wusste ja nicht, mit wem er sich anlegte! Ich war immerhin beinahe so was wie eine Femme fatale! Und ich konnte einen Pfannenwender benutzen!

Während ich mich noch immer schimpfend aus dem roten Tüllmonster befreite und in meine Jeans schlüpfte, hörte ich Marie und Julie schon auf der anderen Seite des Vorhangs kichern und mit der Besitzerin dieser Schickeria-Brautmodenbude Schampus schlürfen.

Ich hasste diese Hochzeit jeden Tag mehr!

Mit dementsprechend schlechter Laune kam ich am Nachmittag in der Tanzschule an. Es regnete, und ich hatte keinen Schirm dabei. Meine Locken hingen mir wirr ins Gesicht, und mein Make-up zerlief. Der Rock klebte mir unangenehm am Oberschenkel und mein weißes Top taugte dazu, bei einem Wet-T-Shirt-Contest teilzunehmen.

„Du siehst scheiße aus, Anna“, begrüßte mich Flo, und mit einem Mal wunderte ich mich nicht mehr, dass ich hier seit Tagen die einzige Schülerin zu sein schien. Er hatte in etwa so viel Charme wie eine Atombombe.

„Herzlichen Dank, genau das wollte ich hören!“, gab ich gleichgültig zurück und ließ mich missmutig auf einem der Barhocker nieder. „Aber weißt du, was? Ich sah heute schon schlechter aus!“

Er legte ungläubig den Kopf schief, aber er hatte mich ja schließlich auch nicht in dem Kleid gesehen, das mir Marie für die Hochzeit zugedacht hatte.

Noch immer fand ich die Idee bescheuert, mit Julie im Partnerlook vorne am Altar zu stehen. Wir würden aussehen wie das Vorher-Model und das Nachher-Model für einen Diätdrink. Ich wollte überhaupt nicht da vorne stehen. Ich wollte sitzen – wie alle Gäste. Brautjungfern! So ein Quatsch! Und Tüllkleider sahen bestenfalls an vierjährigen Blumenmädchen gut aus, aber nicht an mir.

„Ich tanze nicht mit dir, Anna, wenn du so ein Gesicht ziehst. Das beleidigt mein Auge.“

„Dann lass es! Ich würde mir auf den Schuhen ohnehin nur die Beine brechen.“ Ich knallte die silbernen Pumps auf den Tresen, und Flos Augen wurden groß.

„Wow! Du überraschst mich. Zieh sie an!“

Ich rollte mit den Augen und fragte mich, warum ich je davon geträumt hatte, dominiert zu werden. Denn ich hasste es, wenn man mir Befehle gab. Und Flo war ein Meister darin, mich und meine Wünsche mit einem harschen Satz niederzuschlagen.

Weil ich ihm zu langsam war, drehte Flo den Barhocker zu sich um und kniete sich vor mir auf den Boden. Er zog mir die Turnschuhe aus und streifte mir mit angehaltenem Atem die silbernen Riemchenpumps über. Seine Finger fühlten sich heiß auf meiner vom Regen feuchten Haut an, und es schien beinahe, als würde sich meine pummelige Wade unter seiner Berührung in ein elegantes Bein verwandeln.

„Bellissima!", raunte Flo und zog mich vom Hocker. „Na also – du machst dich! Wenn wir zehn Jahre Zeit hätten, dann könnte ich aus dir vielleicht sogar eine Tänzerin machen."

Er führte mich auf die Tanzfläche, und ich knickte bei jedem zweiten Schritt um.

„Verlagere dein Gewicht auf die Fußballen. Die Absätze berühren nicht den Boden." Er sah mich an und legte meine Hand auf seinen Oberarm. „Stütz dich auf mich, ich halte dich."

Die Musik begann, und ich krallte mich an seinen Hemdstoff. Ein Walzer – das erkannte ich inzwischen schon am Takt. Auf sein Nicken hin machten wir unseren ersten Schritt und ich schwebte mehr, als dass ich tanzte. Flo führte mich so kraftvoll, dass ich kaum glaubte, den Boden zu berühren.

In weiten Kreisen tanzten wir über die gesamte Tanzfläche, und mir wurde immer schwindeliger. Die lange Wand mit den Spiegeln verschwamm wie bei der Fahrt in einem Karussell, und ich fand kaum noch Halt. Ich war losgelöst von allem. Flo war alles, was zählte. Seine Hand auf meinem Rücken, sein Blick, der mich gefangen hielt und mir verbot, mich aus seiner Aura zu befreien. Wie am ersten Tag, als ich hergekommen war und ihn mit Silvia beobachtet hatte, meinte ich auch jetzt, eins mit ihm zu sein.

Wir tanzten den ganzen Abend, und irgendwann beherrschte ich die Schritte. Ich wusste, wohin meine Füße mussten, und schaffte es auch, in den Drehungen Haltung zu bewahren.

Ich war echt der Hammer!

Als zu später Stunde die Musik endete, war ich trunken von den vielen Drehungen.

Hilflos schlang ich Flo die Hände um den Hals, um nicht zu stolpern, und als ich ihn ansah, senkte er den Kopf und küsste mich.

Zu überrascht, um mich zu wehren, ließ ich mich vom Robbie Williams-Double küssen. Es war besser als in meinen feuchten Jugendfantasien, aber zugleich auch erschreckend, denn ich hatte doch einen Freund! Und nicht nur irgendeinen! Sondern Marc!

Obwohl der Raum sich noch immer um mich drehte, trat ich einen Schritt zurück. Robbie verschwamm mir vor den Augen und driftete nach rechts, während ich mich in meinem Schwindel hilflos nach links neigte. Dann torkelte ich zwei Schritte und plumpste auf den Hintern.

„Aua!“, fluchte ich und hielt mir den sich langsam aufklarenden Kopf. „Was zum Teufel war denn das?“, fragte ich und lehnte die von Flo angebotene Hand ab.

„Was meinst du? Du hast dich an mich geklammert wie eine Ertrinkende. Ich habe gefühlt, dass du mich willst.“

Ach du meine Gute! Ich hätte es wissen müssen! Ich war wohl inzwischen so eine Sexbombe, dass alle Männer sich nach mir verzehrten. Ich würde in Zukunft vorsichtiger sein müssen mit den Signalen, die ich aussendete.

„Ja, also … ich … also ich habe mich an dich

geklammert, weil mir total schwindelig war."

„Weil du mit mir schlafen willst."

Was?

Ich sah mich um – war hier irgendwo eine Kamera versteckt?

„Schlafen? Mit dir?" Ich war mir sicher, mich verhört zu haben.

„Ich schlafe mit all meinen Tanzschülerinnen", erklärte Flo freimütig und streckte die Hände nach mir aus. „Du bist so weit."

Ich war so weit? Gings noch? War ich etwa eine Rinderhälfte, die genug abgehangen hatte?

„Ja, na gut, Flo ... ist ja echt nett, dass ... dass du findest, ich wäre jetzt so weit, aber ... aber ich werde vermutlich dann doch eher *nie* so weit sein. Du bist ein Hammertyp – abgesehen vom Fehlen jeglicher sozialen Kompetenz, meine ich – aber ich habe einen Freund."

Er grinste und kam näher. Ich machte schnell einen Schritt zurück. Diese Schuhe würden jedoch jede Flucht verhindern. Vielleicht war das sogar sein Plan gewesen, als er auf hohe Schuhe bestanden hatte? War er etwa ein High Heels-Serienvergewaltiger?

„So, so, du hast also einen Freund", spottete er und griff nach meinem Arm. „Weißt du, Anna, das behaupten sie alle. All diese verzweifelten Frauen, die hierherkommen, weil sie von etwas träumten, was sie nie bekommen würden. Ansehen, Bewunderung und Liebe. All diese Frauen wollen doch am Ende nur eines: mit mir ins Bett gehen. Du bist eine von ihnen, selbst wenn du dir einredest, einen Freund zu haben." Seine Finger wanderten über meinen Unterarm nach oben. „Wo ist er? Dein Freund? Warum ist er nicht hier?“

Ich versuchte, mich loszureißen, aber Flo riss mich an seine Brust und umfing mich mit seinen Armen.

„Ich bin keine von deinen verzweifelten Weibern! Denk von mir aus, was du willst, aber ich sag dir was: Du bist nicht Gottes Geschenk an die Frauen!“

„Du willst … nicht mit mir schlafen?“ Er schien verwirrt. Na, der Hellste war er offenbar nicht, denn das hatte ich ja wohl gerade zu erklären versucht.

„Nein, will ich nicht.“

Er ließ mich los und strich sich energisch das Haar aus der Stirn.

Robbie de luxe war gekränkt.

„Mich hat noch nie eine zurückgewiesen“, brummte er, und plötzlich fühlte ich mich von ihm überhaupt nicht mehr entertaint. Der Geist von Robbie Williams entschwand und mit ihm jeglicher Esprit, den Florian von Haugwald jemals besessen hatte.

Ich versuchte, mich mit kleinen Schritten von der Tanzfläche zu stehlen, ohne Flo dabei aus den Augen zu lassen. Die Gazelle hatte den König der Löwen verletzt. Sicher würde er das nicht so einfach auf sich sitzen lassen.

Am Tresen schlüpfte ich in meine Turnschuhe und packte so schnell ich konnte mein Zeug zusammen.

„Die dicken Weiber zieren sich immer. Du hast doch Sex nur im Dunkeln, damit keiner deinen dicken Hintern sieht!“, rief er mir hinterher.

An der Schwingtür blieb ich noch mal stehen und drehte mich um.

„Vielleicht ist das so, aber weißt du, was? Selbst die dunkelste Nacht würde nicht ausreichen, um darüber hinwegzutäuschen, was für ein Riesenarschloch du bist!“

Kapitel 11

Ich fühlte mich elend! Nachdem mein Ärger über den selbst ernannten König der Löwen verraucht war, fühlte ich mich nur noch elend. Ich hatte mir fürs Seelenheil meine Jogginghose angezogen und eine ganze Tafel Schokolade verschlungen. Jetzt war mir schlecht, während ich ins Sofakissen heulte.

Zuvor hatte ich Marc eine Nachricht auf die Mailbox gesprochen, von der mich gewundert hätte, wenn er sie verstanden hätte. Heul-schnappatmend hatte ich ihn angefleht, zu mir zu kommen, denn ich fühlte mich der ganzen Sache nicht mehr gewachsen. Die Scheißhochzeit, das bekloppte rote Tüllkleid und die bescheuerte Tanzerei waren einfach zu viel, wenn ich mir nebenher noch Gedanken machen musste, dass Catwoman meinem Freund beim Sex die Krallen in den Rücken grub oder Fotzen-Harald meine Identität in der Kanzlei aufdeckte.

Vermutlich gab es auf der ganzen Welt keine andere Person, die sich mit solchen Problemen herumschlagen musste. Vermutlich gab es auf der ganzen Welt niemand anderes, dem es so schlecht ging wie mir!

Ich schniefte in mein Taschentuch. Na gut, ich wollte ja nicht politisch inkorrekt sein. Den armen afrikanischen Kindern, die Hunger litten, ging es vielleicht sogar noch schlechter. Oder die freiwilligen Arbeiter in Fukushima.

Die hatten auch echt die Arschkarte gezogen! Oder die Models, die immer nur Watte essen konnten …

Langsam beruhigte ich mich etwas. Es gab ja auch überhaupt keinen Grund, mich aufzuregen! Florian von Haugwald war ein narzisstischer, selbstverliebter Großkotz, der nur deshalb so ausgeflippt war, weil ich eine stärkere Frau war, als er es gewohnt war. Weil ich ihm nicht wie eine reife Pflaume willenlos zu Füßen gefallen war!

Der einzige Grund, warum ich heulte, war der, dass ich die „Dirty Dancing"-Hebefigur noch nicht beherrschte! Jawohl! Und jetzt hatte ich keinen Tanzlehrer mehr, der mit mir in einen See steigen und das üben würde …

Wieder wurde ich von lauten Schluchzern geschüttelt. Ich wollte mir gerade das Kissen vors Gesicht drücken, um zu verhindern, dass der *Stock zwei-Al Qaida* sich deswegen Sorgen um mich machte, als Marc zur Tür hereinkam.

Er sah besorgt aus.

„Annalein, was …? Was ist denn los? Warum weinst du?" Er sprang über die Sofalehne und nahm mich in den Arm. „Schhhht. Was ist denn passiert?"

Ich presste mich an ihn und heulte hemmungslos. Warum? Ich wusste es nicht. Vermutlich aus demselben Grund, weswegen ich bei Fernsehshows weinte, in denen sich Freunde wiederfanden, die sich lange nicht gesehen hatten. Ich war einfach nur froh, dass er da war. Hier, bei mir.

„Ich fühl mich, als hätte ich nur Watte gegessen", versuchte ich, ihm klarzumachen, wie es mir ging.

Marc umfasste zärtlich mein Gesicht und hauchte mir einen Kuss auf die Nasenspitze. Seine Spottbraue hob sich leicht.

„Du weinst, weil du Hunger hast?“, fragte er mit einem Blick auf die leere Schokoladenpackung.

Ich musste lachen. Das tat weh, denn es stieß in meiner Kehle mit einem Schluchzer zusammen.

„Nein, ich hab keinen Hunger“, behauptete ich, wobei ich merkte, dass ich eigentlich schon ein klein bisschen Hunger hatte.

Unter Marcs fürsorglichem Blick kam ich mir nun etwas dumm vor. Ich wollte nicht, dass er glaubte, ich hätte kein Selbstbewusstsein. Ich wollte ihm nicht sagen, wie sehr mich Flos Bemerkungen verletzt hatten. Er kam gerade von der mehr als nur selbstbewussten Catness Stone zurück, und ich wollte neben ihr nicht noch jämmerlicher wirken.

„Was hältst du davon, wenn wir trotzdem in die Küche gehen? Ich koch uns was, wir trinken ein Bier, und du erzählst in Ruhe, was eigentlich passiert ist. Danach verkrümeln wir uns ins Bett, und ich tröste dich. Wie klingt das?“

Das klang toll. Aber, noch während wir in die Küche gingen, beschloss ich, den wahren Grund für meinen Kummer für mich zu behalten und allein das rote Kleid für mein Unglück verantwortlich zu machen.

„Du wirst in allem toll aussehen“, versuchte mich Marc, später am Abend im Bett zu beschwichtigen. „Und überhaupt fängt die Party doch erst richtig an, wenn ich dir den Fummel wieder ausziehe.“

Er spielte an meinen Locken herum und grinste mich

frech an.

„Na, du hast leicht reden! Du schaust ja auch nicht aus wie rote Zuckerwatte auf zwei Beinen!“

„Mmmm, lecker! Ich liebe Zuckerwatte! Komm her und lass mich kosten.“

Mit schmatzenden Geräuschen beugte er sich über mich und hinterließ feuchte Küsse auf meiner Haut. Ich verdrängte meinen Ärger und ließ mich nur zu gerne von ihm vernaschen.

Die nächsten Tage verliefen relativ gut. Das lag vermutlich daran, dass ich mir spontan die Woche bis zur Hochzeit Urlaub genommen hatte. Nach dem Debakel mit Flo fühlte ich mich zu verletzlich, um mich auch noch mit Harald in der Kanzlei auseinanderzusetzen.

Ich schlief also lange und genoss die wenigen Stunden am Tag, die ich mit Marc verbringen konnte. Wir mieden das Thema London-Bitch, und, da sein Projekt gut voranschritt, waren nächtliche Sondereinsätze nicht mehr nötig. Trotzdem störte es mich, wie diese Cat Marc anschmachtete, wann immer sie ihn hier abholte, oder wenn sie unangekündigt mit ihrem Laptop vor der Tür stand, weil sie ein Problem hatte.

Mich hingegen bedachte sie nur mit einem mitleidigen Blick. Diese Kuh!

Aber ich war stolz auf mich. Ommmm – ich ruhte in mir selbst. Ich ließ mir keine Schwäche anmerken.

So, wie in diesem Moment. Eigentlich hätte ich an die Decke gehen können. Marc saß in der Küche am Tisch und tippte Befehle in ihren Laptop, während Cat ihm von hinten über die Schulter schaute. Nur schaute sie nicht nur, sie schmiegte sich regelrecht an ihn.

Ommmm … ich ruhte … ja, ja! Ich ruhte in mir selbst, verdammt!

Möglichst gelassen rutschte ich auf dem Sofa herum, wo Marc und ich uns einen schönen Abend mit Bruce Willis hatten machen wollen. Die Blu-rays der „Stirb langsam"-Reihe lagen bereit, Teil eins lief, und John McClanes Unterhemd wies schon erste Blutflecken auf.

Neugierig reckte ich mich über die Lehne nach hinten, um zu beobachten, was in der Küche vor sich ging.

Marc und Cat waren in ein reges Gespräch zu ihrem Projekt vertieft. Diese Tussi kam meinem Freund viel zu nahe! Und langsam befürchtete ich, dass das langsame Sterben auf morgen verschoben werden würde.

Verschwommen nahm ich das Bild auf dem Fernseher wahr. Dann rollte ich mich von der Couch.

Ich roch die Gefahr, spürte die Hitze, und die Waffe lag schwer in meiner Hand. Ich blickte an mir hinab, sah das Blut und die Pulverrückstände auf meinem Unterhemd. Vor dem Fenster stand die Stadt in Flammen, und ich wusste, das Böse war nahe. Eine englische Terroristin hielt den Mann meines Herzens als Geisel – aber sie hatten die Rechnung ohne mich gemacht. Geduckt rannte ich an die Wand und presste mich schwer atmend dagegen. Eine weitere Knarre in meinem Hosenbund gab mir Sicherheit, als um mich herum Schüsse krachten. Ich strich mir das von Schmutz und Blut verklebte Haar aus dem Gesicht und warf die halb gerauchte Kippe beiseite. Dann richtete ich mich auf, hob die Waffe und feuerte. Glas splitterte, Funken stoben auf, und Möbel krachten, als sich die Kugeln ins Holz fraßen.

Unbeeindruckt von meiner Anwesenheit hob Catness den Kopf.

„Hi!“, versuchte ich, mich aus meiner Filmfantasie zu befreien, und strich mir verlegen über das überhaupt nicht blutige Shirt. Wie ich befürchtet hatte, steckte auch keine Waffe mehr im Bund meiner Jogginghose. Na super! Dabei war ich gerade so in meinem Element gewesen!

„Na, wie läuft es denn?“

Nicht, dass es mich interessierte, aber ich musste ja einen logischen Grund nennen, warum ich in die Küche gekommen war.

Zu sagen „Hi, eigentlich wollte ich die Londoner Bitch umbringen“, erschien mir unpassend.

„Gut“, murmelte Marc abwesend. „Sieht so aus, als hätten wir es fast geschafft.“

Na, das war doch super! Dann konnten wir Catwoman ja zurück nach London jagen – oder zum Teufel!

„Marc ist fantastisch. Er bringt so viel Leidenschaft auf …“, erklärte Cat euphorisch und legte bewundernd ihre Hand auf die Schulter meines Freundes!

Ich biss die Zähne zusammen. Was wusste diese Bitch schon von Marcs Leidenschaft! Mühsam zwang ich mich zu einem Lächeln.

„Toll, das ist ja … super! Sie sind sicher froh, wenn Sie zurück nach London können?"

Sie nickte, aber ihr Blick hing an Marc.

„München hat auch seinen Reiz. Ich könnte mich daran gewöhnen."

Zum Glück schien Marc diese unverschämte Andeutung nicht zu verstehen, denn er tippte konzentriert weiter.

Um der Kuh nicht an die Gurgel zu springen, öffnete ich den Kühlschrank. Am liebsten hätte ich meinen Kopf hineingesteckt und einen Schrei losgelassen, aber ich riss mich zusammen und streckte stattdessen nur dem Käse und der Salami die Zunge heraus.

„Auch einen Wein?", fragte ich bemüht freundlich und nahm die Flasche Lambrusco heraus.

„Oh yes, please."

Boah, wie ich das hasste! Konnte sie sich nicht dazu herablassen, immer Deutsch zu sprechen? Da sie unangemeldet hergekommen war und unseren „Stirb Langsam"-Abend ruiniert hatte, brauchte sie sich nicht wundern, wenn ich den Kampf im John McClane-Stil aufnahm.

Aus dem Augenwinkel sah ich, wie sie sich wieder dicht über Marc beugte.

Wieder roch ich Blut und Schweiß. Das schmutzige Actionheldenunterhemd klebte mir am Körper, und ich spürte das Adrenalin durch meine Adern strömen.

Ich nahm zwei Gläser heraus und schenkte sie voll. Dann stellte ich die Flasche zurück ins Seitenfach und lugte hinter der Kühlschranktür hervor. Schreie hallten durch die Wohnung, Schüsse krachten. Niemand schenkte mir

Beachtung, als ich einen Schluck aus Cats Glas nahm, den Wein in meinem Mund spülte und dann zurück ins Glas spuckte.

„Yippie-ya-yeah, Schweinebacke!“, murmelte ich, schloss den Kühlschrank und reichte Catwoman den Wein.

Kapitel 12

Ich stand in dem roten Monsterkleid vor dem Spiegel und drehte mich. Es war grauenvoll. Wie bei einem Verkehrsunfall konnte ich einfach nicht wegsehen, so schrecklich war der Anblick. Marc würde mich auslachen! Er würde mich für ein rotes Sofakissen halten. Für eine Tomate mit Cellulitis!

Doch darum brauchte ich mir eigentlich vorerst keine Gedanken machen, denn Marc war nicht da. Zum Abschluss seiner Arbeit an dem Superauftrag trafen er und Cat sich mit dem Team aus Seattle und präsentierten ihr Werk. Er hatte allerdings versprochen, mich vor dem Traugottesdienst vor der Kirche zu treffen.

Zu treffen! Pah! Ich würde ihn überrollen in meiner roten Puffwolke.

Ich zupfte an den überdimensionalen Blüten herum, die meiner Taille wie ein Schwimmring schmeichelten. Warum hatte man das sanfte roséfarbene Satinunterkleid mit diesem scheußlichen Tüll-Obermaterial verunstaltet? Der Designer, der das verbrochen hatte, sollte gezwungen werden, es selbst zu tragen!

Doch alles Jammern half ja nichts! Ich hatte keine Wahl. In zwanzig Minuten würden meine Eltern mich abholen, damit wir auch ja nicht zu spät zum Starnberger See kamen. Offenbar gab es noch etliches vor Ort zu organisieren.

Mutter würde mich bestimmt wie eine Dienstmagd herumscheuchen, damit zu Maries großem Tag alles perfekt war.

Ich warf meinem Spiegelbild noch einen letzten verzweifelten Blick zu und ging ins Bad. Dort versuchte ich mit Make-up und Lockenstab, das Beste aus mir herauszuholen, aber, obwohl ich mit dem Resultat sehr zufrieden war, erschlug das Kleid doch jede hübsche Facette an mir.

Gerade, als ich meine Füße in die silbernen Tanzschuhe zwängte, auf denen ich kaum gehen konnte, klingelte es an der Tür.

Meine Eltern – überpünktlich, wie immer.

Ich griff mir meine Handtasche und den Geschenkgutschein für einen Spa-Nachmittag, den ich sicher nach diesem Tag sehr viel nötiger haben würde als Marie. Da ich mich aber nicht in die Reihen der Servierplattenschenker hatte einreihen wollen, war ich mit dem Gutschein ganz zufrieden. Und ob Marie das auch war, war mir eigentlich vollkommen wurscht.

Der Traugottesdienst war überstanden, die Tauben fliegen gelassen worden, die Glückwünsche überbracht und die Hochzeitsgesellschaft hier ins Seehotel gezogen. Nun hielten sich alle an ihren erfrischenden Schampusgläsern fest und lauschten der geschwollenen Rede von Klaus. Grinsend wie ein Honigkuchenpferd stand er neben Marie in ihrem königlichen Kleid. Er sinnierte schon seit zehn Minuten über die Liebe, den Sinn des Lebens und die Treue.

Ich hingegen sinnierte nur, auf welche schmerzvolle Art und Weise ich Marc umbringen würde. Erdolchen war mir eindeutig nicht schmerzhaft genug, aber Häuten und Vierteilen kamen schon in die engere Auswahl. Dort fanden sich noch weitere, etwas aus der Mode gekommene Foltermethoden, wie Ausweiden und den Ratten zum Fraß vorwerfen. Vielleicht würde eine Kombination aus alldem meinen Blutdurst stillen, den Sprüche wie „Naaaaa, Anna, immer noch keinen Mann gefunden?“ oder „Du fändest leichter einen Partner, wenn du etwas weniger auf den Hüften hättest“ geweckt hatten.

Onkel Erwin wollte mich bei Gelegenheit seinem Stammtischkumpel vorstellen. Und Cousine Sibille (die überhaupt nicht meine Cousine, sondern die jugendliche Geliebte meines Großonkels war) hatte gelacht, als ich zu erklären versucht hatte, dass ich zwar einen Freund hätte, aber im Moment nicht so genau wüsste, wo der stecken würde. Diese Hexe!

Wenn ich Marc also erst ermordet hatte – und dann noch immer das Buffet nicht eröffnet war –, würde ich Cousine Sibille vielleicht auch gleich noch ganz im Stil der Inquisition auf den Scheiterhaufen werfen.

„Anna!“ Der schrille Ruf meiner Mutter riss mich aus meinen blutigen Fantasien. Ihre Stimme war wie ein Reißwolf für meine Nerven. „Jemand muss sich dringend ums Buffet kümmern!“

Sie deutete in Richtung des Ballsaals, den wegen Klaus’ ausschweifender Rede noch keiner der Gäste betreten hatte.

Ich musste nicht fragen, wer dieser Jemand sein sollte, denn sie packte meinen Arm und drängte mich in Richtung des Saales.

„Der Partyservice ist überfordert. Kannst du dich *bitte* darum kümmern?!“ Sie sagte zwar „bitte“, aber es war keine.

Jeder Widerstand war zwecklos, wenn Mutter etwas wollte. Also schnaubte ich und machte mich auf den Weg. Es war ein unerträglich warmer Tag, und ich erstickte beinahe unter dem ganzen Tüll. Zum Glück war der Ballsaal klimatisiert, und ich gönnte mir einen tiefen Atemzug, ehe ich mich dem Problem mit dem Buffet annahm.

Eine Kellnerin, die hektisch Teller von A nach B schob, riss erleichtert die Hände nach oben, als ich fragte, worum es eigentlich gehe.

„Wir wissen nicht, wo der Obstsalat ist. Die Küche sollte sich darum kümmern, aber die sagen, der Partyservice hätte …“

Oh mein Gott! Es herrschte eine Obstsalatkrise! Das war fast so schlimm wie der Welthunger, und ich würde sofort eine Hilfsorganisation ins Leben rufen, um die Spätfolgen dieser Katastrophe so gering wie möglich zu halten!

„Ich kümmere mich darum!“, hörte ich mich die aufgelöste Angestellte beschwichtigen. Vorsichtig – denn der Boden hier im Saal war zu rutschig für meine Schuhe – machte ich mich auf die Suche nach der Küche des Seehotels. Und auf die Jagd nach dem verlorenen Obstsalat.

Das war nicht so leicht wie gedacht. In der Küche wusste man nichts von einem Obstsalat und schickte mich von dort weiter in den Hinterhof, wo der Kühllaster des Partyservices parkte.

Meine Füße waren inzwischen auf die Größe von Luftmatratzen angeschwollen, und ich schwitzte wie ein Ochse unter dem ganzen Stoff. Unauffällig zupfte ich an meinem BH, um die Bildung von Stauwasser zu verhindern.

Warum hatte ich mich eigentlich nicht gewehrt? Warum hatte ich mich in dieses scheußliche Kleid stecken lassen? War ich wirklich so devot, dass ich mich selbst von meiner Schwester dominieren ließ? Ich war zwar ein glühender Fan von dominanten Milliardären wie meinem Romanhelden, aber nicht mal für den hätte ich mich so zum Affen gemacht!

Die Schmerzen in den Füßen nährten meine Wut noch weiter, und ich war wenig freundlich, als ich den Fahrer des Wagens wegen des Obstsalats anblaffte. Der sah mich zweifelnd an und nahm erst einmal noch einen Zug von seiner Zigarette.

„Gehör'n Sie zu der Tanzgruppe?", fragte er genauso barsch zurück, ohne sich in irgendeiner erkennbaren Weise um meinen Obstsalat zu kümmern. Sein Blick glitt über mein Kleid, und er schüttelte kaum merklich den Kopf. Sogar dieser Kerl hatte mehr Geschmack als der Designer!

„Welche Tanzgruppe?“, fragte ich, obwohl ich es eigentlich überhaupt nicht wissen wollte.

„Hab gehört, es gibt ne Tanznummer … aber was weiß ich schon. Fahr hier ja nur die Delikatessen rum.“

„Ja … genau!“ Ich zupfte eine Tüllblüte zurecht. „Und das ist ja auch der Grund, warum wir dieses Gespräch führen. Ich suche nach einem Obstsalat für die Hochzeit. Der scheint verschollen zu sein.“

„Sowas Banales wie einen Obstsalat haben wir sicher nicht im Angebot. Da müssen Sie woanders suchen.“

Ich fächelte mir mit der Hand Luft zu. Es war irre heiß, und ich hatte echt keine Lust auf Diskussionen. Der Scheißsalat *musste* hier sein!

„Könnten Sie nicht trotzdem freundlicherweise mal in ihren Laderaum schauen – vielleicht findet sich ja irgendwas Fruchtiges darin … das an einen Obstsalat erinnert …?“

Der Typ zuckte mit den Schultern, schnippte die Kippe beiseite und ging zur Rückseite des Kühllasters.

„Können tu ich das schon, aber ob ich das will …“, murrte er und öffnete die Tür.

Frostiger Dunst schlug mir entgegen, und ich trat automatisch näher. Wie herrlich sich das anfühlte!

„Bitte sehr.“ Er hielt mir die Tür auf und verneigte sich leicht.

War das sein Ernst? Sollte ich jetzt da reinklettern? Der Boden des Lasters war von einer dünnen Eisschicht bedeckt, und ich sah mich schon ausrutschen! Anna on the rocks … und vermutlich würde ich bei dem Sturz versehentlich mit der Zunge an den Boden des Lastwagens kommen und daran festfrieren. Es würde mindestens fünf Feuerwehrmänner brauchen, um mich in diesem Kleid hochzuheben und mich vom Boden zu reißen. Dabei würde meine halbe Zunge am Eis kleben bleiben, und ich würde für den Rest meines Lebens lispeln. War nicht genau das auch dieser RTL-„Punkt zwölf"- Moderatorin passiert?

Trotz meiner Bedenken lockte mich die Kühle, und ich beschloss, die Absätze meiner Schuhe als Eispickel zu verwenden. Schritt für Schritt tastete ich mich tiefer hinein und spähte in die blauen Kisten, die an den Wänden vertäut waren. Es war so kalt, dass ich fürchtete, mir würden Eiszapfen aus der Nase wachsen. Aber hey … Mission war eben Mission! Und so ein Obstsalat fand sich nun mal nicht von selbst. Und ganz offensichtlich hing ja das große Glück meiner Schwester an diesem Fruchtquatsch! Durch den Nebel, den mein Atem bildete, ging ich weiter.

„Ha!" Na, wenn das nicht nach Obst aussah! Ich stöckelte in die hinterste Ecke, bückte mich, soweit es mein Monsterkleid zuließ, in die Transportbox und versuchte, den schweren Obstkorb herauszuheben.

Kunstvoll war aus der Schale einer gigantischen Wassermelone ein Korb geschnitzt worden, der mit einer Masse aus Eis, Beeren und Fruchtstückchen gefüllt war. Es sah köstlich aus. Tiefrotes Sorbet war dekorativ über die Früchte geträufelt und schimmerte wie Rubinsplitter. Das war wirklich hübsch – aber im Grunde trotzdem nicht sehr viel mehr als ein auf chic getrimmter Obstsalat! Ein Obstsalat, der eine gefühlte Tonne wog! Und der mit Schokoherzen verzierte Melonenhenkel war sicher nicht dazu gedacht, das Ding daran hochzuheben. Also wuchtete ich den Melonenkorb wie einen Medizinball aus der Frischebox und betete, dass mir das glitschige Ding nicht durch die schwitzenden Finger rutschen würde.

Mit der Eleganz eines Pinguins im Tiefschnee kämpfte ich mich aus dem Laderaum.

Der Weg zurück ins Hotel war nicht wirklich einfacher, auch wenn keine Glatteisgefahr mehr bestand. Aber das zusätzliche Gewicht des Desserts drohte, meine Absätze bis in den Erdkern zu treiben, und ich fürchtete Magmaspritzer unter meinem Kleid. Falls ich also am Hintern Feuer fangen würde, wäre das einzig und allein die Schuld dieser Melone!

Als ich meine Last endlich bis in den Ballsaal geschleppt hatte, hatte sich unter meinen Brüsten genug Wasser angesammelt, um ein ganzes afrikanisches Dorf zu versorgen.

Es dauerte eine Weile, bis sich meine Augen an das Dämmerlicht im Saal gewöhnt hatten, und ich hörte schon die Gäste näher kommen. Schnell eilte ich aufs Buffet zu und … rammte etwas.

„Hopsala!“, rief ich und torkelte rückwärts.

Starke Arme verhinderten meinen Sturz.

„Anna?“

Überrascht presste ich mir die Melone an die Brust.

„Flo?“ Es musste Flo sein, denn auch wenn die Hochzeit meiner Schwester an Exklusivität kaum durch etwas zu überbieten war, würde mich ein Auftritt von Robbie Williams doch sehr wundern.

„Was machst du denn hier?“, fragte er schroff, und ich fühlte mich wie das unbeliebte Kind auf der

Geburtstagsfeier der Kindergartenqueen.

„Ich habe eine Wassermelone …“

NEIN!!! Das würde ich jetzt nicht sagen! Definitiv nicht! Flo war zwar ein superheißer Tanzlehrer, auf den ich in meiner Jugend alle verfügbaren Augen geworfen hätte, aber er war nicht Johnny Castle und ich nicht Baby! Das hier war kein Remake von „Dirty Dancing“! Es war die Originalfassung meines verkorksten Lebens – und da konnte kein Film mithalten.

„Sag bloß, das hier ist die Hochzeit, für die du unbedingt tanzen lernen wolltest?“, schlussfolgerte Florian richtig.

„Ja, die Hochzeit meiner Schwester. Die Frage ist aber doch, was du hier machst?“

Schlich er mir nach? Verfolgte er mich? Wurde nicht jede zehnte Frau irgendwann in ihrem Leben Opfer eines Stalkers …?

Wieder einmal verfluchte ich Marc, weil er nicht hier bei mir war und diesen selbstverliebten Tanzheini zum Teufel jagte!

„Ich tue, was ich immer tue. Ich tanze. Deine Schwester hat es sich gewünscht.“

„Du kennst meine Schwester?“

Als hätte meine ungläubige Frage sie herbeigerufen, kam Marie angerauscht. Und es klang tatsächlich nach einem Rauschen, so raschelte ihr mehrlagiges Kleid.

„Florian“, hauchte sie und reichte ihm vertraut ihre Hand, die er ganz gentlemanlike küsste. „Wie schön, dass du da bist. Ich freue mich auf deine Tanzaufführung“, umschmeichelte sie ihn und lächelte mir dann zu. „Du machst dich also gerade mit meinem Tanzlehrer bekannt?

Ich kann dir sagen, Florian ist … unvergleichlich."

Mir entging die Röte in ihren Wangen nicht, und zum ersten Mal in unserem Leben war sie der Frosch auf dem Seziertisch.

Ich konnte es nicht fassen!

„Ich schlafe mit all meinen Schülerinnen. Mich hat noch nie eine zurückgewiesen!", hallten Flos Worte in meinem Kopf.

Schockiert schaute ich von ihr zu Flo, und meine Vermutung wurde zur Gewissheit.

Meine ach so perfekte, biedere und grundanständige Schwester war mit dem König der Tanzlöwen im Bett gewesen!

Ich verbarg mein entsetztes Keuchen hinter einem lauten Husten, konnte aber mein breites Grinsen nicht verhindern.

„Da muss ich dir wohl glauben, Schwesterherz, denn, obwohl ich auch bei ihm Unterricht genommen habe, habe ich darauf verzichtet, mich von seiner *Unglaublichkeit* zu überzeugen."

Marie bekam große Augen und zerrte mich samt Wassermelone hinter sich her ein Stück zur Seite, damit uns niemand hören konnte.

„Was?", flüsterte sie aufgebracht. „Du hast auch …?"

„Nein!", unterbrach ich sie. „Ich habe nicht … du weißt schon was … gemacht!"

Na gut! Ich gab auf! Ich war nicht verrucht, kühn und sexy! Ich konnte das Wort Sex noch nicht mal vor meiner nonnenhaft moralischen Schwester in den Mund nehmen. Wobei …? So nonnenhaft war Marie ja nach neuesten

Erkenntnissen gar nicht … Das musste ich erst einmal in Ruhe überdenken.

„Du lügst! Wie könntest du ihm nicht erliegen? Er ist fantastisch! Bist du blind? Er sieht aus wie Robbie Williams … oder wollte er dich nicht? Oh, Anna! Er wollte dich nicht, ist es nicht so?“

Boah! Mir ging gleich der Hut hoch! Das war ja so was von klar! Die einzig logische Erklärung musste natürlich sein, dass *er mich* nicht gewollt hatte!

„Nein, Marie! So ist es ganz und gar nicht! Dein unvergleichlicher Florian scheint nämlich nicht gerade wählerisch zu sein. Aber ich kann nicht glauben, dass du …? Was ist denn mit Klaus und diesem ganzen Liebe-Treue-und-ewiglich-dein-Zeug, von dem er vorhin so ausschweifend geschwafelt hat?“

Marie funkelte mich böse an, und ich hätte ihr am liebsten die doofe Melone in die Hand gedrückt und sie stehen lassen.

„Das hat nichts mit Klaus zu tun! Ich verlange von dir, dass du niemals ein Wort darüber verlierst, Anna! Hast du mich verstanden? Ich weiß nicht, warum du so grausam sein musst, mir diesen Tag zu ruinieren …“

Sie raffte ihre Reifröcke und rannte in Richtung der Toiletten. Verdutzt sah ich ihr nach und fragte mich, wann ich die Erwachsenere von uns beiden geworden war?

Na schon, ich hatte nicht so einen tollen Job wie sie – und Marc war nicht so reich wie Klaus, aber immerhin war ich mir meiner Gefühle für ihn sicher. Ich liebte ihn – auch wenn ich nicht wusste, ob unsere Beziehung stark genug war, um der Catwoman-Bedrohung standzuhalten. Im

Gegensatz zu ihr würde ich Marc nie mit so einem dahergelaufenen Möchtegern-Don-Juan betrügen.

Gedankenversunken trippelte ich zum Kuchenbuffet, denn ich wollte endlich, endlich die tonnenschwere Melone loswerden, als ich in den verdammten Pumps umknickte. Ich stolperte. Der Melonenfruchtkorb entglitt meinen Händen und zerbrach in Tausend Fruchtsplitter, während sich die Eis-Beerenmischung über mein Kleid ergoss. Mein Schrei ließ alle zusammenzucken, und jeder starrte mich an. Selbst unter den Gästen vor dem Saal kehrte kurzzeitig Ruhe ein.

„Du meine Güte, Anna!“, rief meine Mutter und eilte auf mich zu. Sie zupfte ein winziges Taschentuch aus ihrer Handtasche und wischte panisch auf dem Tüll herum. „Sieh dich nur an! Und das schöne Dessert! Das ist wieder mal so typisch für dich!“

Ja klar! Immer war alles meine Schuld.

„Das muss sofort jemand aufwischen!“, kreischte sie und zerrte mich hinter sich her aus der Fruchtmatsch-Pfütze.

„Lass mich los, Mama!“, wehrte ich sie ab und schlug auf den Tüll ein. Es sah aus, als wäre Zombie-Hirnmasse auf meinem Kleid verteilt. Verdammte Scheiße! Vermutlich war es mein Hirn, denn ich war zu keinem klaren Gedanken mehr fähig! Ich wollte nur noch weg. Ich schlüpfte aus meinen Schuhen und rannte aus dem Saal. Sollte sich doch irgendwer anders um dieses Zeug kümmern.

Dieser Tag hatte sich sogar noch schlimmer entwickelt als in meinen schlimmsten Befürchtungen. Ich war von meinem Freund versetzt worden, sodass nun alle dachten, ich hätte mal wieder keinen abgekriegt, steckte in einem mit Frucht-Hirn-Masse besudelten Tüllmonstrum und hatte Himbeercreme zwischen den Zehen.

Mein Leben war nach wie vor eine Katastrophe, und, auch wenn ich jetzt halbwegs tanzen konnte, war die Person, für die ich mich so gequält hatte, noch nicht mal hier.

Ich spürte es genau: Ich entwickelte eine Depression!

Das war verdammt gefährlich, und ich wollte unter keinen Umständen auf irgendwelchen Bahngleisen enden ... Schon allein wegen der ständigen Bahnstreiks! Ich würde verhungern, ehe ...

Wie die Wellen über der Titanic drohte meine Verzweiflung über mir zusammenzuschlagen, und ich bekam kaum noch Luft! Ich brauchte dringend ein Türblatt – und eine Trillerpfeife, denn die Rettungsboote hatte ich irgendwie verpasst.

Vor meinem geistigen Auge sah ich Kate Winslet mit letzter Kraft in die Trillerpfeife japsen und beschloss, dass es für mich noch nicht zu spät war! Ich würde mich von so einer banalen Kleinigkeit wie einem total verkorksten Leben nicht unterkriegen lassen!

Entschlossen knallte ich die Toilettentür hinter mir zu und riss mir die rote Tüllblüte von der Hüfte.

„Scheißding!“, fluchte ich und trat den Stoffballen in den kleinen Hygieneeimer neben dem Waschbecken.

Dann hob ich die gesamte obere Lage Stoff an und machte kurzen Prozess mit ihr. Das ganze grellrote Zeug landete auf dem Fußboden, und ich riss und rupfte, bis nur noch das seidige roséfarbene Unterkleid übrig war. Sofort konnte ich leichter atmen. Wie die Venus aus dem Meer entstieg ich dem Haufen Tüll und fühlte mich wie neugeboren. Das knielange Unterkleid hatte keinen besonderen Schnitt, aber allein Maries entsetzter Blick würde es wert sein, so herumzulaufen.

Zufrieden zupfte ich mir die verschwitzten Locken zurecht und drehte mich um. Der leichte Satin umspielte meine Knie, als ich mit hoch erhobenem Kopf und gestrafften Schultern zurück in den Saal stöckelte.

Kapitel 13

Ich setzte mich zu meinen Eltern an den Tisch und beobachtete gelangweilt die Show. Während sich die Hochzeitsgäste an dem Buffet gütlich taten, präsentierte Florian mit einer seiner Tänzerinnen einen Tango. Das Orchester spielte gut, und Maries Blick folgte gebannt den strengen Bewegungen des Paares. Ich schüttelte verständnislos den Kopf. Ihr frisch angetrauter Ehemann lächelte ahnungslos und genoss seine Torte.

„Willst du keinen Kuchen?", fragte Papa und bot an, mir etwas zu holen.

„Nein, passt schon. Ich … habe keinen Hunger."

Mama sah mich an, als wäre ich krank.

„Wo steckt denn dein Mitbewohner? Ich dachte, er wollte dich begleiten?"

Mein Mitbewohner! Ja, das traf es wohl! Offenbar waren Marc und ich nun wieder nur reine Mitbewohner. Er hatte mich versetzt. Hatte vielleicht ja nie vorgehabt, zu dieser Hochzeit zu gehen, zu der ich ihn genötigt hatte. Vermutlich feierte er in Cats Armen den Abschluss ihres Projekts …

Offenbar hatte ich bei allen Punkten auf meiner Liste versagt:

- *Marc liebte mich vermutlich nicht.*
- *Sein Penis zeigte wohl doch Interesse an Katzenweibern.*
- *Er war nicht mit mir zur Hochzeit gekommen.*
- *Und niemand wirbelte elegant mit mir über die Tanzfläche.*

Ich verdrückte mir dieses fiese kleine Tränchen im Augenwinkel und zuckte möglichst gleichgültig die Schultern. Um meinem Vater nicht zu zeigen, wie unglücklich ich war, tat ich so, als beobachtete ich den Eröffnungstanz von Marie und Klaus.

Dafür, dass sie bei Flo Unterricht genommen hatte, bewegte Marie sich relativ steif. Vielleicht übertrieb sie es ja mit der Körperspannung …

Als immer mehr Tanzpaare auf die Tanzfläche drängten, dachte ich an all den Unsinn, den ich mir mühsam angeeignet hatte. An die Tanzschritte, die Körperhaltung, den Ausdruck … und wie vergeudet das nun alles war.

Obwohl ich in meine trüben Gedanken versunken war, entging mir nicht, dass die Gäste am Nebentisch die Stirn runzelten. Ich folgte ihrem Blick, als Marc an meine Seite trat.

Er trug seine lederne Motorradjacke und eine dunkle Jeans. Das entsprach nicht ganz dem Dresscode, den Marie und Klaus sich gewünscht hatten. Trotzdem jubilierte mein Herz. Meine Mutter atmete schockiert ein und schlug sich die Hand vor den Mund, aber ich grinste.

Marc zwinkerte und beugte sich zu mir.

„Das ist nur für dich, Annalein." Dann richtete er sich wieder auf und straffte die Schultern.

„Mein Baby gehört zu mir!", sagte er, und ich konnte mir ein Kichern nicht verkneifen. „Komm!" Er reichte mir seine Hand, und ich schüttelte ungläubig den Kopf.

Dieser Spinner!

Ich wollte wissen, wo er so lange gesteckt hatte, wollte böse auf ihn sein, weil ich die vielen Demütigungen heute ohne ihn hatte überstehen müssen, aber mein inneres Grinsen war so breit, dass all diese Dinge nebensächlich wurden.

Er führte mich an den Tischen vorbei in Richtung Tanzfläche.

„Wo warst du denn so lange?", flüsterte ich, aber Marc zog mich unbeirrt weiter, bis wir mitten auf der Tanzfläche ankamen. Das Orchester verstummte, die Tänzer sahen uns fragend an. Ich spürte, wie ich unter all den neugierigen Blicken rot wurde, aber Marc stand da wie aus Stein gemeißelt. Er grinste frech.

„Es tut mir leid, wenn ich euch störe, Leute, aber ich tanze immer mit dem schönsten Mädchen im Saal. Diesmal hätte es mir mein Job fast vermasselt. Aber ich lasse mir nichts vermasseln. Ich werde tanzen, und zwar mit meiner wundervollen Freundin."

WOW! Mein Herz wäre mir in die Hose gerutscht, hätte ich eine angehabt. So knallte es aufs Parkett zwischen meine silbernen Pumps und gab seinen Dienst auf!

Hatte Marc mich gerade vor allen Leuten seine Freundin genannt? Und zugleich noch das schmeichelhafte Adjektiv *wundervoll* verwendet?

Ich wollte ja mal wieder nicht zu viel hineininterpretieren, aber das klang doch jetzt wirklich fast nach einem Antrag! Und zwar nach einem, über den man problemlos beim Kaffeeklatsch mit der Großmutter sprechen konnte.

Marc neigte sich zu mir und drehte mich in seinen Armen, dass ich mit dem Rücken zu ihm stand.

„Hab das Orchester bestochen. Der Song hat mich hundert Mäuse gekostet“, raunte er und hob meinen Arm. Ich konnte es nicht glauben, als die Musiker tatsächlich „Time of my life“ anstimmten.

„Falls du es nicht weißt, Anna“, murmelte er mir ins Ohr. „Ich geb einen Scheiß auf meinen und deinen Tanzbereich. Ich will dich – ganz nah bei mir!“

Darauf konnte ich nichts mehr erwidern, denn schon wirbelte er mich über die Tanzfläche. Ich hing an ihm, nicht in der Lage, meine Beine in die entsprechende Richtung zu bewegen, aber das fiel kaum auf, so geschickt führte er mich in die nächste Drehung.

Seit wann konnte Marc denn tanzen?

Ich hätte ihn gefragt, aber ich bekam kaum Luft. Nicht nur, dass ich von der Bewegung atemlos war, nein, auch die Blicke der umstehenden Gäste machten mich sprachlos. Sie sahen aus, als wären sie von unserer kleinen Tanzeinlage begeistert!

Juhuuuu! Ich war eine Tanzgöttin!

Schnell ging ich meine Liste noch einmal durch:

- ✓ *Marc war zur Hochzeit gekommen.*
- ✓ *Wir wirbelten übers Parkett, und meiner Verwandtschaft blieb die Spucke weg.*
- ✓ *Vermutlich hatte Marcs Penis kein Interesse an Katzenweibern und er war in Wirklichkeit genauso ein verkappter „Dirty Dancing“-Fan wie ich.*
- ✓ *Und mit etwas Glück liebte er mich sogar …*

Marc zog mich in seine Arme und küsste meinen Hals. Wir tanzten leichtfüßig weiter, und in seinen Augen lachte der Schalk. Man konnte über Marc sagen, was man wollte, aber er war sich nicht zu schade, über sich selbst zu lachen.

„Entschuldige, ich hatte längst hier sein wollen. Aber jetzt ist das Projekt abgeschlossen, und wir haben unser Leben wieder für uns“, flüsterte er und setzte seinen Dackelblick auf, dem ich nie widerstehen konnte.

„Schon okay! Jetzt bist du ja hier!“

Er lachte und ließ seine Hände unanständig tief auf meinen Po gleiten – das war aber nicht die richtige Armhaltung!

„Und, Annalein? Bereit für das große Finale?“

Großes Finale? Ich sah ihn fragend an. Er meinte doch sicher nicht …? Oder doch? Die Hebefigur???

Er klopfte mir auf den Hintern und zwinkerte: „Gib alles, Misses Grey.“

Damit trat er ein ganzes Stück zurück und streckte mir die Arme entgegen.

Kapitel 14

Nur wenige Augenblicke später fragte ich mich, wie um alles in der Welt ich mich in dieser Situation wiederfinden konnte. Wie um alles in der Welt war ich hier gelandet?

Ich lag mit hochgeschlagenem Rock auf dem Boden, Marc zwischen meinen Schenkeln, während gut hundert Leute uns entsetzt anstarrten …

Marc stöhnte und wollte aufstehen, aber sein Knie stand in einem – sogar aus meiner Position erkennbaren – unnatürlichen Winkel ab.

„Zur Hölle, Anna!“, knurrte er durch vor Schmerzen zusammengebissene Zähne. „Was war denn das?“

Das war eine gute Frage! Jaaa, wenn ich mir sein Bein so ansah, sogar eine wirklich berechtigte Frage. Aber was war passiert?

Ich war gerannt … hatte Anlauf genommen, denn für eine grazile Hebefigur (und das war ja der Plan gewesen) brauchte man nun mal etwas Anlauf … und war ausgerutscht. Noch während ich fiel, hatte ich festgestellt, dass meine mathematische Berechnung für den Auftrieb, der mich über Marcs Kopf hatte befördern sollen, fehlerhaft war. Ich hatte die mangelnde Reibung zwischen Tanzfläche und Schuhsohle vernachlässigt, was sich leider zugunsten der Erdanziehungskraft ausgewirkt hatte. Marc hatte versucht, mich aufzufangen – und … und hier lagen wir nun. Scheißgravitation!! Scheiß silberne Schuhe!

„Entschuldige“, presste ich heraus, als hilfsbereite Hochzeitsgäste Marc schließlich von mir herunterhoben.

„Einen Krankenwagen!“, rief jemand. „Wir brauchen einen Krankenwagen!“

Mit einem Ruck fuhr der Rettungswagen an, und ich hielt mich an der Liege fest, auf die die Sanitäter Marc geschnallt hatten. Er sah blass aus, und auf seiner Oberlippe perlte der Schweiß.

„Es tut mir so leid!“, wiederholte ich zum gefühlten hundertsten Mal. Aber bis zum Krankenhaus würde ich das sicher noch öfter sagen, denn es tat mir *wirklich* furchtbar leid! „Ich …“

Ich fluchte leise, denn mit einem Mal wurde mir klar, wie dumm ich gewesen war. Ich würde vermutlich nie eine tolle Tänzerin werden. Ich war ein Sportmuffel! Ein Schokodrops-Junkie. Warum nur wollte ich immer etwas sein, was ich nun einmal nicht war?

Wieder fluchte ich, denn egal, was auch immer ich dachte, es war zu spät. Ich hatte Marc verletzt.

„Es tut mir leid, Marc! Ich wollte … ich wollte nur einmal im Leben eine gute Figur machen. Das war dumm, ich weiß!“

Der Krankenwagen ruckelte über Kopfsteinpflaster,

und Marc stöhnte. Er hatte Schmerzen. Und er schwieg. Zum Teufel, warum sagte er denn nichts? Ich würde seine Wut verkraften. Und sicher war er wütend.

Er öffnete die Augen. Sein Atem kam gepresst, und ich spürte, wie schwer ihm das Sprechen fiel.

„Anna, du …"

Ich wollte ihm weiteren Schmerz ersparen und unterbrach ihn.

„Ich weiß, Marc. Ich bin eine furchtbare Tänzerin", hauchte ich, denn meine Schuldgefühle machten mich fertig.

„Annalein, du tanzt wirklich gut. Natürlich nicht so gut wie ich – denn meine Mutter hat mich in meiner Jugend zum Turniertanz gezwungen." Er hob seine Spottbraue. „Das ist oberpeinlich, und nur du weißt davon, aber für heute war's ganz nützlich", scherzte er. „Ich hasste es! Während meine Kumpel in Bands spielten, tanzte ich Paso doble!"

Ich konnte mir trotz seines gequälten Gesichtsausdrucks ein Kichern nicht verkneifen.

„Du musst dir mal eines merken, Anna", fuhr er ernster fort. „Was immer für verrückte Ideen du in Zukunft in deinem hübschen Köpfchen ausbrütest … das betrifft jetzt auch mich, denn du gehörst zu mir. Also hör doch bitte auf, dir immer irgendwas beweisen zu wollen."

Er strecke seine Hand nach mir aus und berührte sanft meine Wange.

„Ich weiß, dass du denkst, ein bisschen Schmerz sei sexy", flüsterte er mit verschwörerischer Miene. „Und vielleicht hast du recht. Aber ich hoffe doch, das hier ist und bleibt eine Ausnahme, Misses Grey. Sonst müsste ich dich fesseln – natürlich nur, um mich vor dir zu schützen!"

Ich lachte und küsste ihn so vorsichtig es in einem ruckelnden Rettungswagen auf silbernen High Heels eben ging. Ich hätte tanzen können vor Glück … wobei ich das mit dem Tanzen nach diesem Abend vielleicht doch besser wieder aufgeben sollte.

„Ich verspreche es, Marc! Keine Experimente mehr! Nur du, ich … und der Pfannenwender. Wie klingt das?"

„Autsch!", scherzte er und tätschelte mir den Po.

„Du weißt, dass das ein schlechtes Safeword ist, oder?", neckte ich ihn.

„Das hab ich schon mal wo gehört", lachte er. Seine Hand glitt über den Satin meines Unterkleides, und er runzelte die Stirn. „Was wurde eigentlich aus dem furchtbaren Kleid?", fragte er, ohne seine Finger von mir zu nehmen.

„Das Kleid?" Ich lachte, bis mir Tränen kamen. Was sollte ich schon sagen? Es war doch eigentlich ganz logisch! „Ich habe eine Wassermelone getragen!"

Ende

Lesen Sie auch:

Lichtblaue Sommernächte

Ein großer, bewegender Roman, eine Liebeserklärung ans Leben!

Lauren war sich so sicher, glücklich zu sein. Zusammen mit ihrem Mann Tim und den beiden Kindern wohnt sie in einem süßen, kleinen Haus in Vermont und will sogar ihr Studium wieder aufnehmen. Bis der Schicksalsschlag kommt: Diagnose Hirntumor. Lauren will kämpfen, will nicht aufgeben, will bleiben. Aber die Krankheit ist stärker. Laurens Zustand verschlechtert sich. Kann es nicht auch eine Lösung sein, wenn sie selbst entscheidet, wann sie das Leben loslassen wird? Aber wie soll sie das ihrer Familie klarmachen? Ihren Eltern und ihren Kindern? Nach und nach begreift Lauren, dass man mit allem seinen Frieden schließen kann.

Klang der Gezeiten

Wie leicht einem das große Glück durch die Finger rinnen kann, muss Piper erkennen, als Daniel, der Mann ihrer Träume und Vater ihres ungeborenen Kindes, bei Arbeiten in ihrem Traumhaus am Strand stirbt. Pipers Welt bricht zusammen und all ihre Träume und Hoffnungen werden unter dem Schmerz des Verlustes begraben. Um Daniel nahe zu sein, beschließt sie gegen den Rat von Freunden und Familie in das unvollendete Haus einzuziehen. In dieser schwierigen Situation ist ihr Daniels bester Freund Kevin eine große Stütze. Doch gerade jetzt fällt es ihr schwer, mit den tiefen Gefühlen umzugehen, die Kevin für sie entwickelt.
Im Trost der Wellen versucht Piper ihre Wunden zu schließen und ihren Weg zurück ins Leben zu finden.

„Es gibt Geschichten die berühren dich nicht nur, sondern haben für immer einen besonderen Platz in deinem Herzen. Klang der Gezeiten gehört für mich zu diesen besonderen Büchern.“ - **Daisy and Books**

Emily Bold wurde 1980 in Mittelfranken geboren, wo sie auch heute noch mit ihrem Mann und ihren beiden Töchtern lebt. Sie schreibt Liebesromane, Paranormal Romance und Jugendbücher und blickt mittlerweile auf sechzehn deutschsprachige sowie sechs englischsprachige Bücher und Novellen zurück, die den Lesern viele romantische Stunden, und Emily eine begeisterte Leserschaft beschert haben. Roman Nr. 17 ist bereits in Arbeit. Über das Schreiben sagt sie: "Schreiben ist für mich Entspannung, Passion und Leidenschaft. Mit meinen eigenen Worten neue Welten und Charaktere zu erschaffen ist einfach nur wundervoll."

Mit "Ein Kuss in den Highlands" veröffentlichte sie nach "Klang der Gezeiten" bereits ihren zweiten zeitgenössischen Liebesroman. Aktuell arbeitet Emily gemeinsam mit den Ullstein Taschenbuchverlagen an einem neuen Buchprojekt für das Herbstprogramm 2015.

Emily freut sich über Post von ihren Lesern – schreiben Sie ihr: kontakt@emilybold.de oder besuchen Sie Emily im Web: emilybold.de und thecurse.de.

Bücher von Emily Bold

6218945R00071

Printed in Germany
by Amazon Distribution
GmbH, Leipzig